U0117759

诗人的花园

Poet's Garden

肖继孝　著

哈尔滨出版社
H.P.H
HARBIN PUBLISHING HOUSE

图书在版编目（CIP）数据

诗人的花园 / 肖继孝著. -- 哈尔滨：哈尔滨出版社, 2022.8
ISBN 978-7-5484-6482-2

Ⅰ.①诗… Ⅱ.①肖… Ⅲ.①诗集－中国－当代
Ⅳ.①I227

中国版本图书馆CIP数据核字(2022)第064282号

书　　名：诗人的花园
SHIREN DE HUAYUAN

作　　者：肖继孝　著
责任编辑：韩金华
封面设计：树上微出版

出版发行　哈尔滨出版社（Harbin Publishing House）
社　　址　哈尔滨市香坊区泰山路82-9号　　邮编：150090
经　　销　全国新华书店
印　　刷　湖北金港彩印有限公司
网　　址　www.hrbcbs.com
E-mail：hrbcbs@yeah.net
编辑版权热线：（0451）87900271　87900272
销售热线：（0451）87900202　87900203

开　　本　880mm×1230mm　　1/32　　印张：12.75　　字数：120千字
版　　次　2022年8月第1版
印　　次　2022年8月第1次印刷
书　　号　ISBN 978-7-5484-6482-2
定　　价　98.00元

凡购本社图书发现印装错误，请与本社印制部联系调换。
服务热线：（0451）87900279

再序

ZAIXU

贵州大地

因为一次特别的机会，我来到了贵阳。

之前，我只来过一次贵州，还是飞机转机。于我而言，除了茅台，我对贵州知道甚少，更没有期待余生会在这里留下足迹。

400 天过去了，在贵州，我认识了很多新朋友，接触了很多新鲜事物，包括正在开发建设的项目：中交绿城桃源小镇。

再一次，我扎根土地，像一个刚生下的婴儿，适应新空气、新世界。我很幸运，在不同阶段经历很多有趣的事情，也许人生就是如此，不断迭代，生生不息吧。

我在小镇张罗了新书店：东堂书院。

在正对小镇广场与贵西湖的界面，有 270° 大视野，摆满各类书籍、文创品、玩具，还有漂亮的椅子，刚煮好的咖啡，这是未来生活的样子，也是现在的生活。

　　我一直想在桌上摆上"等待爱情"，我的同事觉得这样太张扬，爱情这样美丽的东西，最好悄悄发生。说不过年轻人，只好作罢。

　　我小时候就期待家里有很多书，可以任性地看，可以不停地读，可以借给好朋友。未来我希望小镇的孩子也可以这样，任性的童年不能没有书，不能没有美妙的文字。

　　如果有一天我的新书能在这里出现，也是我给小镇的礼物。

　　我爱上了贵州，就像这里的姑娘。

　　作为诗人，我可以随性而自由；但作为地产的孩子，我们没有太多的选择，项目在哪里，我们就行走到哪里。家是什么？就是可以静下来喝咖啡的地方，然后环视周边，熟悉起来，爱起来。

　　所以，我邀请了好朋友来小镇开咖啡馆：FLATWHITE福来咖啡。

　　洪夫是新西兰人，50多岁，艺术大叔的样子，曾是著名的击剑运动员。我们都很单纯，就是想把世界上最好的咖啡馆开到最美丽的地方，北京、上海、深圳、成都，现在是贵阳，是桃源小镇。

　　我们如何理解最好是什么？是一生期待的那个人吗？不是，是在人生阶段里，那个给你带来光的能量体。

　　我在想，在平静的湖面上，听瀑布的感觉，是咖啡贵还是啤酒香？

后来，我开始变得越来越"俗气"，开始喜欢地锅鸡、柴火鸡，喜欢火锅的烟气。甚至有远道而来的朋友，我都推荐贵州的酸汤鱼。酸的感觉，像不像人到中年，不太喜欢的味道，但是你还是说很有感觉。

只是，我还是喜欢江南。烟雨的季节，可以听雨落芭蕉的声音，闻茶香的滋味。喜欢独处的年龄，就会反思自己的感受，然后找到知心的朋友。

我觉得，还是多交朋友吧。

我们是普通人，需要好朋友。岁月长长，我们不应该给朋友做减法，我们需要更多更多的好兄弟、男女朋友。让碎了的心重生、重长、开花。

不要给生命设置太多的限制，我们的世界很宽，我们可以拥有很多的森林。所以我常常坐在小镇的台阶上思考，为什么在影院里看过的电影和露天的不一样呢，为什么没有爱情的生活，也很美好。

我们都经历了风雨，现在期待的是"独特"的四季。就像一首诗歌，每次读味道都不一样。

再写于贵州：贵阳中交绿城桃源小镇。

2021 年 8 月 22 日

序 XU

早

在没有准备好的时候，我开始思考这本书。

从上本诗集《继续 爱》到现在，已经整整三年。这三年的时光，对我而言，如翻越山丘，起起伏伏。还好有诗歌，像朋友一样陪我走过旅途，度过每个孤独的夜。

回首人生的 40 年，唯有诗歌这件事情我特别用心，尽管知道自己能力有限，没有什么读者，但是还是厚着脸皮坚持下来。

一、时间的笔记本

今天的中国，到处充斥着商业的氛围，人乐在其中：精致的房子、奢华的外衣、刺激的运动、复杂而高深的商业逻辑、各种朋友……

但是很多人却开始怀念：美好的季节、丰盛的聚会、爱过的人、消失的欢乐……也许情怀这种东西，会带来些许感动，在怀念中把自己的情绪聚焦。

所以，还是要做些记录。

人一旦过了"黄金年龄"，就很快老去。这个年龄到底是多少，科学上没有界定。20多岁的孩子在家耍也算是老了；退休了的，还在竞赛，他却年轻了。

有些人年轻的时候就老了，有些人，死了也不会老。

有人一生如履薄冰，没有半刻停歇，但活得很清醒；有人很早就开始了度假养生，享受现在；还有人，活在一个特别的世界里，自娱自乐，也算活得明白。我虽然喜欢第三种生活，却过得如履薄冰。

有些时候，写上些碎片的文字，就像有人喜欢在自己的院子里，喝上一杯纯净的啤酒。一点也不高级的生活，却是很多人的理想。我一般不喝酒，但奇怪的是，我常常喝了不少，睡不着的时候，无聊地望着窗外，却写不出半点文字。

直到有一天，孩子与家人都远走国外，我突然过上了"老人"的生活。那个时候，我的事业也进入"山谷"，于是我开始学着任性起来，每天都强迫自己写，写很多很多的东西，但是现在却找不到了。

所以记录生活，本身就是很有意义的事情。现代人都喜欢选择性地忘记。我的想法是，如果哪天我们真的老了，还想念"那个时候"的故事，有了时间的笔记本，就可以找到对应的句子。

我最小的宝宝Angela，现在6岁了，思想快速成长，可爱又任性，还觉得自己特别有才华，这点不像我。我一直觉得自己比较笨，所以还想学点新东西，于是就换了一个又一个的地方，认识一批又一批的朋友，做了很多不相关的工作，我喜欢这样的流浪，正像一位诗人，情感的落点，永远在下一个地方。

记录本身也很无趣。平庸的人生，没有太多值得骄傲的地方，没有太多人会关注你，也不大有价值，就像沙漠里的足迹，风一过，干干净净。

但是，有记录的人生，本身就是一种鼓励。我们，不要一张白纸来，一张白纸走。

二、为诗歌而停留

2018 年，有一回我去洛杉矶，海关人员正是一名华裔，见到我迷茫的眼神（主要是英语不好），他开口讲起了中国话，聊起有趣的事情：孩子们、美国的生活什么的，真是开心与亲切，在这一刻，我好像对幸福有了答案。

往往，我们需要为自己停顿。

我渴望旅行，却不爱远行，想想家里这些孩子，平时都见不着，有什么比团聚更好呢？但是没有了旅行，诗歌就是白开水。正像我的很多作品，没有内容，没有感动，只是文字在跳动，和心脏一样。

有段时间，我特别喜欢待在上海的家中。让阿姨种上蔬菜，还养了动物，我像文人一般，坐在院子里，一副洒脱的模样。直到那些吃不完的蔬菜堆满冰箱，我又开始嫌弃自己，又想去更好玩的地方。就这样，我来到了北京。

北京的冬天我是非常怕的，穿上厚厚的衣服，还要戴上很酷的围巾与手套。我的天呀，我与世界的距离太远了。但是我又特别喜欢北京自己住的小公寓，有热热的暖气，可以任性得整个季节不关。所以，在焦躁的时代中，停留也许意味着后退。老话说：大隐隐于市，不进则退。

我的父母很老了，还在为弟弟带着孩子。父亲尤其任性，一句话惹他不开心，就要离家出走。我想，这是我们的罪过，生活没有给他们带来改变，却还在向他们提出要求。我想不到未来自己老了是什么样子，估计也好不到哪里去，如果还能写几句打油诗，也算成就满满吧。

我不去想，未来什么样。一个人的生活和一群人的生活，是不一样的。我们这代人不该有太多的抱怨，只是要明白，孤独的时候，我们的内心不能空空如也。

有时候，在空中连续飞行 12 个小时，我会在手机的备忘录里写好多的东西，工作的、生活的，还有没有办完的事情，有时候还写几首诗。我发现一个有趣的现象，这些年好几件没有办好的事情，一直在纠缠着，特别闹心。有时候也想，自己本来就是一副空空的躯体，为什么要与世界纠缠，看看朋友圈里有多少优雅的人，选择一座乡村花园，就是好生活。

停留是一种美好的理想，我想和心爱的人走走停停；即便停留是迫不得已的选择，我还是愿意不断出发，宁愿把自己摔得头破血流，也不荒废灵魂。

如果有一天，我选择停留，我希望是为了一首动人的诗歌和突然出现的你。

三、接受平庸

在这个复杂多情的世界里，我想大部分人的生活都是单调苍白的。

很多人选择接受社会的不公，却接受不了平庸的自己。

诗歌就是一种表达现实的理想、情感的渠道，你可以对自己"反抗"，复活沉淀在内心的声音。不能指望这些文字能感动人，文学这种古典的东西，也许会老，"平庸"才是生命最自然的状态。

只是在现实中，平庸就像失败。

地位这样的东西，会在精神贫穷的世界里野蛮生长。改变世界的人可能不太幸福，他们孤独。可是我们却这么要求：要改变世界，还要过得无比幸福！

社会，需要不同的语言、不同的肤色与不停的抗争。如果顺从着某种力量，你就听不到内心的声音，平淡地过完一生，这是人生最大的悲哀。

如果说我有什么愿望，我希望孩子都有自由的人生，自由的生活，可以自由地选择爱，可以接受出身而不自卑，可以接受教育而享受优越，可以因为尊严而放弃，可以因为心情而选择哭与笑……

诗歌常常出现在正常的生活中，也没有灵光一现的效果，有时候就是一些涟漪，一个惊喜或者突然而来的回忆。我常常想我们为了什么而生，作为一个社会的微小细胞究竟代表了什么。就像一首诗歌，微小有生命。

所以，没有所谓的平庸，这是人的真实状态。更不能用平庸与高尚要求孩子与自己，过得充实与否，主要是对内心的需求是否有回应。

我们的社会走入新阶段，信息与热点多，社会出现的榜样更多，特别是"成功学"的普及，无形中给予人很多压力，"一个小目标"其实对普通人来说没有什么意义，但是，却成为很多人的信仰。

我觉得，有些人是为时代而生的，要改变世界；大多数人，是适应时代，让自己成为社会中有意义的有机体。我喜欢诗歌，因为星星在辽阔的时空中，渺小但闪光。

四、真实最可贵

习惯了面具，就等于承认了虚伪；喜欢上美图，就不会素颜，这是当前社会的现状。

世界上什么最珍贵，是真实。

有些话具有批判性，有些人就是刻薄，有些真相就是残酷，有些爱情就是假象……这是我们认知的世界，很欢乐还很悲伤。

诗歌就是要呈现这个世界真实的样子：思念、孤单、悲伤和欢乐。在现实的世界里，你表达不了的情话，都可以在诗歌中认真地表白；无法倾诉的话语也可以明白地写下来……人只有在安静的时候，才可以听到内心的话，听见树的声音。只有在自然的状态下，才有真正的安全，这就是诗歌给我的惊喜。

当你为工作背负了压力，当你为家庭套上了枷锁，当你觉得世界不停地欺骗自己，你可以回到真实的状态，选择一个没有人的地方冥想，听花落的声音，听心跳的声音，感受血的颜色，多好！

我正努力把自己变得真实可爱一些，接受平庸的自己，接受自然的恩赐，和简单的人做朋友，认真地生活，开心地工作，在自己的院子里修建属于自己的城堡，和朋友喝上一杯酒，倾听友善的忠告。

这是我的新书，诗人的花园——一棵树的声音。

2019 年 7 月 30 日于北京

目 录
MULU

听树的声音

诗歌如故事，总有好心情

Jason Xiao

FLOWERS

第一章：诗人的花园

　　我在 2017 年开始运营公众号，取名"诗人的花园"，到目前为止，大概有 2000 名"粉丝"，如果一篇文章写得好，就会有几百上千的阅读量。只是到了北京、贵阳后，大量的时间都浪费在"工作"上，花园里杂草丛生。

　　公众号里，除了诗歌，还有很多随笔与散文，有杭州亚君老师朗读的作品，内容算是丰富。我尽量不做修改，都保留下来，呈现当时写作的心境与情绪。

　　这些文字，几乎都是在夜里写的。很多画面现在历历在目，那时，诗歌驱散了我心灵中的很多阴霾。

　　即使世界一切正常，我也决心写下去，无论是诗歌还是散文，无论读者是谁，天空有没有云彩。

　　直到，另一本书的到来。

诗人的花园

2017—04—04

我梦想一座花园

种满童年的大树

金黄的水果与母亲的摇篮

我想和心爱的人一起

看星光

梦想——爱情在夜晚绽放

我梦想一座花园

写满开心的理想

飞鸟的翅膀

染上了天空的蔚蓝

我要把窗户打开
让燕子飞进来
孩子们开始想象
自由的样子，多么美好

我要为花园写上情话
让所有的表白
都可以到你的梦里

如果天空下了雨
我会在滋润的土壤里
种下希望
和一个诗人的梦想

回响

河流的命运被季节掌握
溪水的源头
种满珍贵的樱桃花
阳光回首
天空的云和水相遇

故事的精华在梦里
碎了满地的花
被重新捡起

如果命运的乐章
可以唤醒爱情
谢谢春天谢谢你

你爱我

2017—04—05

时间被雨水关在门外
听，树叶的声音
半夜醒来，月亮总在云层里

溪流的水养肥了鱼
逆流而上的
总有理想，只是春天正在路上

村里的农民没有下地
他们等待什么
巷子的深处，有人酿着酒香

我想给你打个电话

却想不出号码

春天没有来临的时候

我记得——

你爱我

＊＊＊

　　我不记得是哪天写的这首诗歌，可以肯定的是在晚上，因为只有晚上才有可能写东西。现实的社会里，白天工作也是非常有价值的事情。

　　今天听到亚君帮我读出来，忧郁中带有一点颓废的感觉，很新鲜，我也很喜欢，现在分享出来。

　　我喜欢诗歌，当我还是一个孩子的时候。但我从来没有想过要成为诗人，通过写诗过上好生活，只是这种身体外的召唤一直在，随着年龄的增长，变得更强烈了，所以这几年来，我都在认真地写。

　　诗歌的世界里很自由，天马行空，可以把美好放大，把忧伤变成悠扬的钟声。

这里是我的小花园，很随意的句子，随处摆放的文字，没有多少工具，我真诚地邀请你到来，我会煮咖啡，会泡杯好茶；我可以听你讲话、弹琴，我也可以为你朗读新写的心情。

希望朋友们都可以为诗歌停留，在我们的身边，许多都爱诗歌！

2017-04-06

当你甜美地睡了

当你甜美地睡了
我的列车
正在飞着行走
从一座城市赶往另一座城市
游来游去的
像正在变胖的鱼

当你甜美地睡了
我正在给你写封长信
也许过了很久你才能收到
一只断了线的风筝
也有回家的念头

甜美的梦里
应该有大海与森林
故乡多情的小路
挤满好奇的人

你笑着说再见
笑着告诉我
未来就在眼前

含泪写下信

2017—04—07

含泪写下信
却没有你的地址
把想念的念头
挂在高高的明空
我们彼此，不在一条地平线

桃花开了
河流养肥怀孕的鱼
芳香的味道
来自深爱的土壤
我和你，相差一个季节

种在树下的铃声
总响个不停
无数青春书写的顾虑
在故事里来来回回

柳树吐露新芽
像美丽的女孩归来
那些——落下的叶，都会被埋葬
在长满青草的山岗

凤凰的东方

2017—04—08

我曾想
为你煮一杯浓郁的咖啡
满屋清香宜人
叫醒沉睡的你
这是一个阳光正好的清晨
虫子醒了，鱼也醒了

我曾想
让春天可以天天住在花园里
每一首诗歌都有属于自己的曲子
摇晃着
听吉他在弹奏
你的世界都关在我这里

我想得很远
看不见远山：凤凰栖息的地方
我无法企及
每当季节来临的早上
都深情眺望东方

命里注定

那些开花的田野
挤满送别的人
叶子与树枝拥抱
为了爱，我们开始分离

我想在你的怀里沉睡
醒来有你的胸膛
我想在梦里的溪流中看鱼
你游在浅水里欢呼

我拒绝这场人生的舞台剧
崎岖的山路
盛开无名的星火

一切似乎命里注定
曲子中断
我们，各走东西

武汉的街头，遇见你

2017-04-12

武汉的街头，遇见你
古老的街道还是那么年轻
对于你
我深思熟虑

武汉的街头，遇见你
隐在巷子里的美食
还有可爱的人
对于你
我习以为常

遇见一座城市的早上
感受到那种特有的味道
樱花开过
我在校园的门口
久久不肯离去

***

　　有一次出差武汉，想去武大看樱花，可惜没有见到。我大概与梦里的樱花没有太多的缘分，去了很多地方，都没有遇见。有时候想，没有和心爱的人在一起，即便看见了花，可能也会多些忧愁吧。

　　我喜欢武汉的那种味道，有些自由的学生味，真实的感觉，可以带女孩去很多好地方，可惜我没有那么多时间去找寻，也没有在那里遇见想见的人。

　　只是街上的味道，熟悉又无法忘怀。

　　今天突然想起，写了这首作品。希望心中有爱的人，可以在每条街道上，自由地恋爱。

木棉树

2017—04—15

没有风的夜晚
我听见花落的声音
像孩子在梦里
微笑着
抱紧心爱的玩具

没有灯光的路上
照样寂静无声
即将到来的告别
那么多情
我的世界，看见雨

木棉花呀，木棉花
你是谁的孩子
如果你还是一个人
请让我把灵魂
埋葬在这里

***

　　我的门口，有一棵巨大的木棉树，我记得刚搬进来的时候，树开满了花。我喜欢那些落下来的花，一早起来，我和 Angela 就在那里扫，可是扫了半天，发现原来干净的地方又落满了花，这种感觉非常特别。

　　在国内我们要赏花，得去很远的地方，还主要看人，一家人去，非常累。所以，当自己有了开花的树，我第一时间不是欣赏，而是打扫。当落花的傍晚来临的时候，确实是一种诗的梦境。

　　当日子没有了追求，过成了本来的样子，好像很苍白，所有的时间可以和咖啡与书本在一起，这个时候，我们有点恐慌。当孩子不用再想念，当太太总在眼前唠叨的时候，日子过到最后，就是无色无味的水。

如果你还爱我，那该多好呀

2017—04—17

当寒风要来
我紧张地写着文字
那些吐露的心声
带来了大地的温暖
你的怀抱
只是很久的记忆

如果你还爱我，那该多好呀

当桃花盛开
树枝长满可爱的果实
我记得

这种颜色你常常记在信里
只不过，那是过去的四季

如果你还爱我，那该多好呀

每晚键盘不断生响
如雨水敲打着
夜空的星火
寂寞的时光，过得很缓

如果你还爱我，那该多好呀

春天，关不住的门

2017—04—18

我把潮湿关在屋里
把森林关在家里
一个温暖的季节
我想做一场
春天的梦想

我要喂养一群小鸡
看生命在黑夜的
月光中沉睡
我要把孩子放在摇篮里
让她看柳树开花
枝头的燕子为她筑巢

我要给桃花写信
所有的相思都画上句号
我要给新种的草染上颜色
和彩虹一样美好

我还要建造一座美丽的城堡
住满无家可归的动物
黑夜不再有孤独

青春：樱花落满的河流

2017—04—20

樱花落满的河流
流过长满青草的院子
飞鸟早早醒来
紫色的牵牛花
正努力地爬上不高的亭子

历史的课本，特别漫长
读着却让人振奋
树荫下的阳光
落下流动的斑斓
邻居的孩子
偷走了我的心思

落下的树叶终被扫起
那些深冬的记忆
消失在田野
风吹过，一片金色的海洋

世界终落入水底
消失的岁月被城堡隐藏
我的青春
就这样，被你圈在这里

那些欠下的，都是少年

2017-04-21

那些欠下的
遥远的 眼前的 昨天的
都是用心雕刻的

欠下的是夕阳
是远山的野果子
是骆驼的山峰
饮水的马

欠下的
是爬行的知识
孩子的欢笑
是一次远行的承诺

没有记忆的果园
都有欠下的故事
你长大了
我却记得你的少年

明天就是节日

2017—04—29

我要放盏美妙的天灯
点亮漫天的星火
在孩子的摇篮里画满
没有忧伤的童年

我要在节日里，给妈妈戴上鲜花
她值得天下的礼赞
让每一颗星星都结束流浪
是天下母亲的愿望

我要给孩子起好听的名字
等待她的降临
生命来时的欢乐
抵消未来的种种痛苦

明天，孩子聚集
开始一场盛大的游戏
团聚，白天爱上黑夜
每一个自然的生命得以生存
每一天都可以更替
新季节

陪你　写诗

2017-04-30

如果岁月没有给你繁华
请聆听泉水的声音
漆黑的夜里，它总有光明

如果岁月没有给你结出果实
请赞美盛开的盘花
生命的记忆，像万花筒的喜乐

如果你还在等候一个明天
请冥想童年
当孩子的笑容散去，谁开始了流浪

陪你写诗吧
写那些快乐和幻想
爱过的悲伤
精彩的日子过后
不想回家

时间美人鱼

2017-05-02

期待见到你
和寂寞的星星一起
看时间在港湾停泊
我的甲板，特别漂亮

期待见到海洋
和巨大的鲨鱼游泳
五月的阳光温柔
岸上的人，那么美丽

期待你没有老去
和时间做朋友
跨过的都是美好
回来还是青春年少

如何让你爱我

2017-05-09

如何让你爱我
等候彩色的蝴蝶飞舞
天空白色的云
蓝得心醉

如何让你爱我
金色的田野长出河流
绿色的风吹过
美丽的承诺，消失得无影无踪

如何让你爱我
流浪诗人的礼物太单薄
那些好听的话
总忘在寂寞的石碑上

我不想再别离，心爱的森林
参天的大树恋上夕阳
金色的彩虹
是我勤劳的脚步

母亲：走过开满荷花的池塘

2017-05-13

走过开满荷花的池塘
挑着满满一担井水
勇敢的背影
告诉我
你是我的母亲

***

要到母亲节了，我刚走下飞机，凌晨2点了。

我记得我写过关于母亲的诗歌，但那是很多年之前了。对于母亲，相信我们内心是愧疚的，看着她的老去，想起那时候她的坚强。

是的，每一个妈妈都是一座丰碑，谦卑而伟岸。

　　所以我写了五句话，觉得没有必要写下去了，足够了。曾经的妈妈像荷花一样优雅与美丽，可是她却选择了勇敢，我们只能看着她的背影，默念：妈妈不要再变老了！

　　忙碌的路上，我们已经忘记去表达对一个人的爱和尊敬。事实上有一个人永远不关心你赚了多少钱，做了多大的官，有多少房子，有多少人拥戴你，她只知道：你爱吃什么菜，让你心怀善良和不要走艰苦的路。

　　是的，她就是坚强的母亲。

听，树的声音

2017-05-14

听，心脏的声音
和孩子的呼吸一样
微微颤抖

听，树的声音
和初恋的季节一样
泉水安宁

低垂的柳涛
与河流的水对话
游来游去的
红色鲤鱼

它们不认得

却安静得
像恋爱的人

＊＊＊

我们觉得世界很嘈杂，那些古怪的声音来自我们的内心。欲望和仇恨夹着爱与不爱的矛盾，时时刻刻都很焦虑、多疑、不自信。

有些人向佛向太极，是在修行，让自己宁静，让内心走向一口深井，看泉水涌出来。这就是：听，树的声音。

只有内心安宁的人，才能听到树的声音。

早晨起来，感觉天气非常好，我就安静地坐在河边，煮好咖啡，看鱼游来游去的样子，如果没有人类来打扰它们的生活，那该多么美好，它们可以浮起来一个上午，只有尾巴在微微地颤动，很慵懒，很享受。

可是，我们大部分人活得都不如它们。只有我们的内心得到了滋养，才能有宁静与幸福，把那些伪装与刺猬的衣服都脱下来，回归原始的状态，哦，我们原来如此赤裸裸。

每当夜深人静的时候

2017—05—15

每当夜深人静的时候
你在想什么

看天空的云
听种子发芽的声音
如果星星是你的孩子
会写些什么给她

每当夜深人静的时候
你还记得她吗
那个只会含蓄微笑
不告诉你秘密的她

你会想什么

花开的树下的海誓山盟
还是，寂寞孤独的
轻吻

***

写这些句子的时候，我正在听一段音乐，很轻的那种。窗外传来鸟叫的声音，是一种奇怪的鸟，到了晚上，就在树上发出声音。

人在夜里比较容易放松下来，很多伟大的作品都是在夜里创作的，同样，很多美妙的爱情体验，往往也发生在夜里。

如果你有兴趣，可以在夜里走入大自然，听森林的声音，听泉水的声音，或者在河边听青蛙的声音，原来在夜幕来临的时候，另一个美妙的世界才敞开大门。在我的记忆里，大部分的时间都是很晚才回家，疲惫地开着车，听着莫名其妙的歌曲，大脑被工作填满，也许只有自然世界的美妙，才会让我们想起那些发生在那里的童话故事。

我觉得最美好的时刻，就是看见心爱的人睡去：你记得给她一个轻吻。

想念，那个不爱自己的人

2017-05-19

最难的等候
是你不知要去哪里
在一个即将漆黑的夜里
想念那个
不爱自己的人

最难的道路
是你知道要去哪里
可是漫漫的长河
皓月当空
不见来回的船

背一身行囊
去寻找爱情的足迹

远远的

你只看见

自己孤独的倒影

***

　　好久以前的一个下午，我和几个朋友在山东烟台蓬莱机场。飞机大概延误了 5 个小时，我们坐在炎热的大厅里，无所事事。想到要办的事情非常不顺利，几个爷们儿都情绪很低落。

　　其实这几个朋友都非常年轻，有理想，在投资行业历练了很多年，那种少年成功的得意都写在他们的脸上，只是还有很多的事情我都不太懂，也理解不了。

　　当我把写好的诗歌给大家看，我记住了大家的表情。事实上，男人的爱情不是得到一个女人那么简单，还包含了追求事业与理想。与异性的爱情，都是虚无缥缈的东西，唯有对事业的追求让人念念不忘吧。

那个唱歌的女孩

2017-05-21

夏天的树蛙

喜欢听夜的曲子

流浪的灵魂，需要抒情的音乐来陪

音乐在森林响起

所有的声音

都会宁静，所有的掌声

走在弯弯的路上

背着年少的吉他

谱下潇洒的曲子

自然的风吹过

长发卷起星空

是谁，告诉我
那个唱歌的女孩
在回家的途中

***

这是一首写给孩子心爱的同学的诗歌，那个学步的女孩转眼就是潇洒的少年。我希望我的孩子能有快乐自由的人生，写自在的音乐，画喜欢的作品，如果哪天有喜欢的人，我希望他也会喜欢我的诗歌。

当我看到自己的孩子对着手机唱着抒情的歌曲，突然有种别离的感觉，我想如果我能谱首美丽的曲子，我一定写上一个夏天，听着树蛙的声音，看英文的电影。

养育一个孩子，就是种下一颗希望的种子，我们有太多的期望，这对于孩子来说，多么的不公平，她们就是一个个小小的生灵，渴望抒情的歌唱。

这首诗歌是随意写的，写完了，我就睡了。

与自然一起冥想

2017-05-24

挥手告别
和你相处的季节
我回到，亲爱的大自然

在你的怀里
我是一个刚出生的婴儿
我在冥想，谁是大树的母亲

与泉水亲近
鱼摇动着尾巴
没有聚会的日子
我和鱼一起冥想

冥想——这世界的一切源起

快乐的山谷

光滑的月光海岸

冥想——动物的夜晚

烛光的童年

开过的列车

和坐在我后面的姑娘

冥想——自然的港湾

刚出港的帆船

布满贝壳的黑岩石

冥想——就是让自由不再回头

落满石头的路

在泉水涌起的土壤里

种下一棵树

听风和叶子的故事

冥想——那些分不清的迷离

渴望在森林安睡的梦

一半落叶的路，铺满了清晨

听说，让自己安静的方法，就是冥想

***

闭上眼睛，放松自己的身体，让思绪自由地飘起来，想你小时候走过的路，想你最想去的地方，想一些平时不关心的动物……走入那样一片自然森林或海洋。

然后，你就是主角。

你可以是一位美丽的公主，有着可爱的仆人；你可以是一位英俊的王子，和最美丽的动物生活在一个湖里；如果你愿意，你可以是一个婴儿，用呆萌的表情，望着美丽的世界。

快乐很简单，宁静也很简单，可是，在这个复杂的世界，我们好像都做不到。改变我们内心宁静的都是该死的情绪，有时候是莫名其妙的……

如果可以，我们一起来冥想，想象自己是一条鱼，在水里游来游去……

等候，青春的自行车

2017-05-25

我能想到的浪漫
就是骑上心爱的自行车
看，刚醒的阳光和
沾着雨水的荷花刚刚开放

过去的时光里
铃声总在风里响得彻底
自行车的后椅
空空地装着空气
你的气味
正是这点点的夏日风景

我能感觉到夏日的来临
只是不见了风景

很多凋零的感情
走在风里
来往的车流，都是陌生人

***

自行车这种东西，是一个怀旧的元素，在我们这个年代，代表了青春年少。

写这首诗就是纪念很多单纯的东西。

青春年少的爱情基本不会走向婚姻，所以，美好的回忆就是老了的象征。那些没有来得及表达的词语，可能只能被锁在日记本里。

无论世界是什么，我们都年轻美妙过；无论我们贫穷还是富裕，都不能否认，爱情一开始是神圣而高贵的。

还记得那辆初恋的自行车吗？试着回忆下，那些青春的点点滴滴。

金色的麦田

2017-05-27

谁说　只有等待了
才有爱情
春天过后的季节
河流漂过花朵
只不过与叶有了分离

谁说　只有优雅的
才是女人
那些孩子背诵的诗句
写满了青春的回忆

你曾经　如此坚决地
拒绝蓝天与森林
在金色的麦田里
洒下了热泪

你曾经　如此热情地
让美好的词语
传递生活的气息
从花开到天明

你曾经　走过我的窗前
那天下雨
我只看见——
伞一样的背影

***

有时候，写点东西很难，这毕竟是一个业余爱好，没有状态，没有时间，没有心情。做公众号就是逼自己不断写，毕竟还是有一些朋友经常在看我的新作品。

我现在的业余时间几乎都在思考怎么写首好作品，这种体验也是从来没有过的，因为平时的生活和工作与诗歌完全没有关系，在一个特殊的环境里，我需要不断切换自己的身份。

　　我不大关心别人对我诗歌的评价，我也没有机会去推广自己的作品，这就是一个小小的圈子，喜欢的朋友们点赞，不喜欢就取消关注。但放心，每一首作品都是我认真写的，不管当时是白天还是黑夜。

　　我们一生都在追求梦想，但是大部分人的梦想与钱有关。如果我们有可能，选择一个与事业金钱无关的梦想，你会选择什么呢？一次自由的旅行还是重新爱上一种生活？

　　或者和小时候一样，只想读完世界上所有的书籍。

为你　我种下幸福的树

2017-05-29

为你　我种下
幸福的树

种满　春天开花的河流
与柳树并排
形成一条弯弯的路

为你　我许下
虔诚的愿

在写着你名字的日记本里
写下祝福的句子
字母的开头
星空灿烂

我日夜兼程
追赶迟到的火车
无声的隧道
传来阵阵——树的声响

你的离去 茉莉花开

2017—05—31

茉莉花开的时候
我路过你窗前

远走的行李已经备好
约来的车迟到了
你在与谁讲着悄悄话

我想陪你去天涯
看梦里的极光
我想陪你看日出
直到天空无云，雨下个不停

茉莉花开的时候
我走过你窗前

我用青春写下的暗恋
都去了远方

我想陪你走过干枯的河
找回失落的水晶石
我想陪你看漫天的星星
为你讲述不懂的传奇

你的世界——不再属于我
落满地的
茉莉花

***

端午的时候，特别羡慕那些团聚的家庭。

我的青春走过，只有落满地的茉莉花。这是忧伤的结局，也是自然的结局。那些美好淡淡的清香，被路过的人记着。

这首诗写给孩子。她们是我的茉莉花，我愿意陪她们去寻找失落的水晶石，我愿意陪她们看日出，陪她们被雨水淋湿。

今天早上，我坐在茉莉花下，看着几朵落地的花，写了这首忧伤的诗歌，纪念下远方的传奇。

（续）今天早上，无意中写好这首诗，节日里发出来，比较忧伤。亚君老师第一时间说要帮我录下来，中午我就收到了他的版本。

朗读是给诗歌的另一次生命，是再一次创作。我很喜欢亚君老师朗读我的诗歌，他比较了解我，也能懂得我写每首作品的心情，所以非常感谢他。

我很久不见的亚君老师，那个帅帅的男孩，他在忙着事业，还要做老师和播音，我却真的不了解他，想约他，有时候也开不了口。

我把录音发给了一些朋友，有些人说听哭了。我哭不出来，因为这是我的生活，阳光照进来，我坐在树下……

谢谢亚君老师。

天若爱你

2017-06-02

假若，天有爱意
你的门口落满秋叶
哪一片是我与你的相遇

假若，天有爱意
会让你转头珍惜
我就在这里
前世相爱的地方

你的心，开始沉默
那些曾经的诺言
是风铃中的吉他声
每一声，都有断了的心情

假若，一切都是彼此的安排
你的歌不要再为我唱
那曲夜晚的思念
只会让我更想
你的眼睛

***

你的门口落满了秋叶，哪一片是我与你的相遇，我比较喜欢这种感觉。

很多相遇都是不期而至，没有夕阳的安排，喝过酒的样子。我们不要期待很多美好的诗句最终化为归属，在人的内心，应该隐藏了很多珍贵的记忆。

爱情就是忧伤的样子，在多愁善感的季节。很少看到令人开怀的爱情作品，我的印象就是这样。所以，我会学着年轻，走入忧伤的境界。

天若爱你，会给予你很多很多的机会，我们不要为失去而忧伤，不要为错过而忧伤。

记着，这是上天每一次爱你！

你没有来

2017—06—03

你没有来
灯依然亮着
飞鸟温柔地归了巢
只有鱼
恋恋不舍，和水草告别

你没有来
却带来了明月和
像海洋一样的星空
这样的日子
应该酿造桂花飘香的酒

你没有来
我也该告别了

当晚风送来迟到的消息
我不敢拆开
这不开花的种子

***

我不敢拆开，这不开花的种子，是很多爱情故事的写照。

明明你知道结果，可是在感情面前，谁都不想拆穿。是怕伤害，还是我们自身是卑微的？

我很怀恋过去的年代，收到来信的时候，心中那种喜悦。还记得，连夜回信的心情，有时候，一封信都引来全宿舍的人讨论。不是吗，那是美好的时代，纯真的时代。

你没有来，实际上，你告诉了我结果。我像一条鱼一样，恋恋不舍，和水草告别。如果你用礼貌的语气，挂了电话，那就是一封不用拆开的信。

即使一朵鲜花努力绽放，最后也只是落入土地。但我想，这也是一种收获。

燃烧的红色

2017—06—04

平静的湖面
孕育清澈的河流

安静的森林
住着童话与王国

我需要一条船
渡过河流
装满萤火虫的口袋
引着我
摇入浩瀚的星空

我需要一个火把
高高地举起来

让那些迷路的孩子
不会再孤单

我需要温柔的湖
唱生活的民谣
看你穿着红色的衣裳
像火一样的红

***

我觉得，自己开始进入一片海洋，自然的、宁静的海洋。

以前写首作品需要酝酿很久，大多数时候是痛苦而焦虑的，我觉得诗歌不是这样的，不是每个人都是海子或者顾城，我希望诗歌有美好浪漫的结局。

　　如果你把眼光投向大海、森林、河流、家门口的路、夜光下的飞鸟……你会发现，很多自然的感动，也许就是生命的一部分，是温柔的朋友，你可以进入那个世界寻找它们，进入一片纯洁的海洋。

　　是呀，只有宁静的人，才可以听到自然美妙的声音。

　　如果你问我，希望诗歌可以为读者带来什么，我希望是：宁静。

等待幸福

2017—06—06

看书的日子
总有飘着茶香的故事

你临走时的叮嘱
我已经忘得差不多

我知道
青春是本读不完的小说

***

一直以来，我对咖啡的热情大于茶，因为咖啡是咖啡，而茶不一定是茶。

如果要安静地看完一本书，我宁愿有茶，因为茶不是很浓，比较容易让我进入书里的世界。老实说，要认真看书是件非常不容易的事情，一个快餐时代，完整读完一本书，是煎熬的。

每次看到机场里的书店，我都有特别的感觉，当读书变成一种跟风，我不觉得是一件开心的事情。

我还是推荐大家读书，读那种有书香的书。欣赏书的世界里那种淡淡的味道，走进去，在作者营造的世界里，忘记时间与过去。

我以前有很多很多的书，跟着我走了很多城市，被搬进过很多的办公室，后来又搬到新的地方，很多我喜欢的书，都不见了。很多老书，应该再也找不到了，希望有人会善待它们。书给你的感觉，内容是一部分，书的样子，本身就是值得阅读的。

　　如果人生是一本书，那么最精彩的一定是青春那部分。

风吹过　薰衣草林

2017-06-10

我路过你的家门
你来时的路，长满薰衣草
微风吹过
紫色的——是你的衣裳

来不及向你告白
来不及朗读写给你的信
也许你的世界
从未与我有交集

相同的物种会彼此温暖
哪怕夜里
也歇着同样的鸟类
无声地传递祝福

我走过青春的山林
看不见树
紫色的风依旧
开满　来时的路

***

又到了欣赏薰衣草的季节了，看到很多朋友在分享，在下雨的晚上，我写了这首诗。

紫色是特别浪漫的颜色，我加利福尼亚的房后有一棵树，就开满紫色的花，这个季节，孩子会把照片发过来，我就想起薰衣草，但是它的名字是：蓝花楹。我有时候想，如果这些花落下来，是一种什么样的感觉呢？

所以才有这个题目：薰衣草林。

诗歌有时候真能让人发生改变，也许我们开始老了，有了时间，我愿意花多一点时间写东西了，而且我的文字，开始温柔起来。工作之外的人生，我们的确需要诗歌，这个可以让你宁静的花园。

蓝花楹前　我的爱

2017-06-11

你走时，留下半首曲子
全是英文的样子
只有旋律让我忘怀
这下雨的忧伤

无法阻止你去远方
蓝花楹前
你种下果实
来自中国的土壤

夜晚，雪化了的声音
空得可以望见星辰
如果，我造的船还在
此刻，应该长出了翅膀和羽毛

爱自由的路上
写满抒情的曲调
声声烛光，都是张开的翅膀
即使没有方向
我们都要飞翔去远方

***

上海下了一天雨，我也忙了一天，车终于开进家门，我停下来，安静地听雨落下来的声音。

感谢孩子在我的电脑里下载了很多英文歌曲，没有雨的时候，我会听着这些歌曲写东西，让自己变得自由起来。

感谢，这个世界的蓝花楹，在这个季节开放，尽管在国内我没有见过她，但是我能感觉到她的优雅与高贵，感谢那些有雨落下的美妙夜晚，赶走了我的黑夜。

是呀，思念与爱都没有离开，我们还有什么理由不释怀。

有人告诉我，蓝花楹代表奇妙的爱情，我没有去论证，如果真是爱，那多么美好，我的屋前是木棉花（爱情树），院子里是蓝花楹，爱包围的土地里长出的种子，一定是甜甜的。真要感谢，那位可爱的美国老人，他种满爱情的树，生活也一定充满诗意。

我还有很多理想，但是我更渴望我爱的人有翅膀，可以飞翔，可以去自己喜欢的地方，可以唱童谣，画随意的树……

这个世界唯有爱和自由，才是永恒。

我为你做的蝴蝶结

2017-06-14

自然没有声响
像一首早起的歌谣
等待夜幕降临

风藏在夏天的巢里
温暖的季节
飞鸟的羽毛都被染成了红色

只有鱼不声不响
只顾陪着新开的水莲花
忘记夏天
只是刚刚开了一个头

而我只想，成为一只白色的蝴蝶
在匆匆的路上
为你的西装系上
我的蝴蝶结

***

中国的夏天是炎热而单调的，大家都躲在家里或者空调房里生活，风真的藏在鸟的巢里，只有夜晚才可以出来走走。

在夏天，最常见的是白色的蝴蝶，说实话，一点都不漂亮，但是很轻盈，不怕热，一般都是两只在一起，如此炎热的季节都在一起，应该是真爱吧。

而此刻在美国的花园里，所有的花都开放了，高高低低的，五颜六色的，争着出来看世界。我想孩子是开心的，可以游泳，还可以画出不一样的夏天。

我想成为一只蝴蝶，在万花丛里和心爱的人飞舞，可以为他的旅途带来乐趣，可以给他的新衣服，献上美丽的蝴蝶结。

这些感觉是写这首诗的灵感来源。

雨下个不停，我在等黑夜的到来

2017-06-21

雨下个不停
我在等黑夜的到来
在开花的石榴树下
找到埋下的种子
我想知道，是谁——偷走了你的故事

这是一首忧伤的曲子
演奏的人去了远方
每当风吹过树梢
可以听到鸟的鸣叫
这是星空的声响

无数的萤火虫
正匆忙赶来

***

　　有几天没有写东西了，因为身体没有准备好。这就是业余的问题，看心情看感觉，断断续续。

　　江南进入梅雨天气，闷得很，老下雨，非常难受。夏天很不一样，天气可能会影响人的心情，我觉得除了吃西瓜，没有什么让人好受的东西。

　　雨下个不停，尤其是在夜里，我常常想，会有什么秘密可以去了解吗？当你瞭望星空，听虫鸣的时候，突然觉得，人还是那么渺小。

　　有一些心事，总在夜里泛起，听雨的声音，有时候会心情低落。只有当黑夜来临，星空灿烂，想象自己是一颗看不见的星星，飘在这无边的宇宙里，多么幸运，你会和一个陌生人相遇。

雨季

2017-06-25

多少次在梦里
望见你归来
明亮的眼睛含着
水一样的清晨

多少次梦被风吹醒
漆黑的星空下
有诗一样的绿地
谁的心在发芽

那场没有归期的青春
正是回忆的雨季
在我梦里
你从来就是唯一

***

　　这是我特别喜欢的一首诗，刚写的，如果可以读给心爱的人听，一定非常动人。

　　下雨的季节里，你呆坐在书房里，听雨不停地下，仿佛听到脚步声。

　　如果给自己一个幻想，你想是谁归来？

　　你步入了回忆，你曾经错过了什么，也许彼此之间只是一场相遇。

　　为什么你在雨季会想到她呢？那些不经意的感觉还在，那些单纯的微笑还在，不要让这个社会的粗暴埋没了我们的深情，人与人之间，隐藏着就可能错过了。

　　世界很美好，就是因为有很多美妙的回忆，这让我们淡忘无聊的社会与压抑的情绪，我们需要承认，高雅的人，多些善，是感性多情的。

　　不是每种关系都可以被利用，不是每段感情都是悲伤的结局。

　　如果思念可以在雨季里被唤起，也不失为一种真情。

空白

2017-06-28

我拿起相机，拍下回忆
孩子的脚印
那么稚嫩
妈妈的手心握着
天空的明堂

我怕遗漏一缕阳光
从最美的角度
为爱情拍下时光
即使，你去了远方

这是一台老式的相机
画面有些陈旧
那些岁月的皱纹与质感
有时候，看起来很淡

是呀，岁月欺骗了天空
却留下纸一样的空白

***

　　我在柜子里找到了早年买的单反相机，除了有些灰尘，感觉一切如新。时间很快就过去了 8 年，我还记得当时买它的时候，那种开心与激动。

　　相机拍出来的照片，还是原来的质感，层次分明，唯独没有了当初的那份感动。但我最近又特别喜欢她，就像一个走失的孩子，回到自己身边，就算没有了童年的美妙，我也感受到了星空的宁静与优雅。

　　有些时光，过去了，就剩下回忆了，无论是美好的还是苦涩的，那些都是青春的纪念品。

　　人不能把生活填得满满的，需要留给自己一些空白，永远都不要写上内容，就像一块自留的土地；让野草疯长起来，到了春天可以看到无数的野花，那种特有的气质，就是生命的空白。

生命熟透，会花开

2017-07-01

挂在树上的生命熟了
她想念干净的土壤
温暖的草地
和一块饼干的香味

雪花答应过
在寒冷的季节敲开家门
可六月刚过
我开始思念，白色的世界
无限茫茫

自然的一切
终归只是美丽的过场
销魂的星空无常
熟悉的星光
有时候，像果子一样熟透
落入，开花的土壤

***

　　小时候，到了 7 月，就羡慕别人家的院子，挂满了果子，慢慢地等它们熟了，可以吃上一个夏天。

　　现在的城市，楼下全是水果店，里面都是一样的品种。所以，我长大了，不爱吃水果。

　　孩子们今天居然约定开始采院子里的水果，其实我相距那么远，感觉不到她们的喜悦，等我打开照片，有一种打开童年的感觉，不用再羡慕别人的夏天。

　　生命那么无常，很多熟悉的东西都开始变得模糊，美丽的生命也是有限的，一切的一切终归要回到那个开始的地方。当生命开始重新轮回，树木开花，又是新的一季。

　　从树木开花到果子熟透，最后落入土壤，这是一个美丽的轮回；也许你的美丽无人问津，可是当你安稳沉睡，你的另一次生命又开始了发芽……

快下雨，青色的果园

2017-07-02

快下雨——
好让我哭得更彻底
既然，无法同行
就在这流沙的岸上，告别吧
你放心，天空自有安排

快下雨——
好让我的伤口无法愈合
那些即将到来的雷雨
会灌溉已成事实的果园
是呀，青色的苹果园

雨会淹没这个黑夜
和一切发生的故事
你走出去，这个雨下个不停的夏季
禾苗青色的土地里
死一样的寂静

***

天气特别闷，老是有种要下雨的感觉。

当一个心爱的人即将离开自己，会不会也是这样的感觉，心闷着就想哭。人，其实没有必要把自己伪装得很成熟，哭就是一种爱的表达方式。哭过后的释放感，就像雨后的天空一样清澈。

人活一辈子，就是一个轮回，生命从诞生到落叶归根，就是不断修行，如果来到这个世界，是为了经历苦难，我们为什么不释怀，我们就是应该多找些机会哭出来，喊出来。

心情不好的时候，我会把车停在一个没有人烟的地方，向天空喊出我的愤怒。听起来多么幼稚，可是，喊出来有种和天空对抗的快感。

我想，哭也是这样的心情。

有时候看书或者电影，到感动之处，有哭的冲动，如果眼泪流出来，还有些温暖。

感谢上天，这个社会没有让我太麻木，我一直都是没有长大的孩子。

每
一
次
哭

2017—07—06

每一次哭
是为了让你笑
每一次感动过后
是无尽的悲凉

每一场雨
总会在午后

爱情滋润后的天堂
蓝得，空荡荡

***

每一次下雨，我觉得就像恋人在吵架。

只是今年的雨有些多，院子里的西瓜秧不再开花了，丝瓜秧结了果，就不再长了，突然之间有些悲伤。

最近天空中的妖气很重，云摆着各种奇怪的造型，天空中的飞机少了很多，人都在机场候着，无聊的客人在拍照，或者刷着朋友圈。下雨了，留给每个忙碌的人一个发泄的方式。

我很少带着伞，就算是再大的雨也是这样，我喜欢雨打在身上的感觉，好像有人在说："喂，你什么时候才可以回来？"一般来说，雨声代表了回答。我喜欢这些奇怪的感觉。

下雨的季节你要备着足够的茶，邀请朋友来家里，把刚学的泡茶手法再展示一次，一个人忙到最后，还是败在这小小的碗里。

我总品不出好茶，但是，有人告诉我，如果喝茶的水，是落下的天水（雨），茶又会上一个档次。每次下雨，我就有这样的冲动，想用手去接住她，生怕她的心被碰碎。

我还特别喜欢雨后的天空，如果没有云，蓝得像海洋，如果你是一个人，你的内心可能空荡荡的，像荡秋千。

2017—07—09

每一个炎热的夏季，都是我对你的深情

树荫种在土壤里

好让，沉睡的种子不再早早醒来

我在黄昏的夕阳里画满月光

洁白的世界，星星

才能整整齐齐

炎热的夏季，正是我对你的深情

可以在树枝上挂满知了

听白天的声音

可以把刚熟的果子摘下来

酿成红色的甜酒

等你的心情，总是那么拘谨

没有微风的时候，我用芭蕉的叶子

做出一阵凉风
绿色的叶子娇喘着

告诉你一个秘密
古老的海底世界里
我看见一条和你一样美丽的鱼

***

"古老的海底世界里，我看见一条和你一样美丽的鱼"，这就是我对你的深情。

最近老看东野圭吾的小说，特别喜欢看，有时候还很压抑，那些心机故事背后可能还有一段深情，和夏天的感觉特别像。上海的夏天特别难熬，没有什么户外活动，能在屋子里做的事情也特别有限，如果我想象什么美好，就假设，这样的季节是爱一个人的那种压抑、期待和无奈吧。

我不会游泳，所以，我看不到海底的世界。据说那里很特别，你会发现很多美妙的鱼，她们不会害怕你，也许在她们看来，你就是一条不太美丽的鱼罢了。这么一想，我犹豫我是否还要继续吃海鲜呢，毕竟，我们吃掉了一个个美丽的爱情故事。

夏天早点过去，好让凉风吹进来。打开窗户，让星星飞进来，一起谈谈，那些遥远星球上的爱情海。

我在院子里种满童年

2017-07-10

我在院子里种满童年
和淡淡的野花香

白色的蝴蝶正在恋爱
黑色的猫孤单着
它在想着
黑夜什么时候来

河流上的睡莲
骄傲地展露身材
红色的鱼
找着，刚丢的爱人

我在院子里种下希望

邻居借来土壤
带着她的芳香
我问她的名字，她只是微笑

只是夏天来了
我看她的院子
为什么种的——和我一模一样

***

一直这样写下去，说实话，有压力。

看到阅读量的时候，心里更多的是苦涩，后来又一想，
每一首诗歌都有一百多人阅读过，如果感动过一两个，也
让我开心了。小众的圈子，有时候就是这样，要坚持下去，
需要自己给自己打气。

我一般都是晚上十点后才开始写东西，一两个小时。
我也会利用这段时间阅读别人写的诗，我觉得我和大部分
的诗人不一样，我的诗歌是美丽的，我不仇恨这个世界，
我感恩我遇见的人，尤其是家人和朋友。

我出书的时候，担心别人的看法："老肖，这叫诗吗？"
老实说，我很担心有这样的声音。还好，更多的是鼓励，

更多的是赞扬，很多人敬佩我的勇气。活大半生了，为别人做了不少的事情，为什么不为自己做一件呢？

还有一个很有趣的问题："老肖，你真的爱过那么多的人吗？"我不知道怎么回答，一个诗人就要天天恋爱才能写爱情诗吗？诗歌不是写给自己的，是写给时空的礼物，里面有千百个人，自由的、孤独的、快乐的、弱小的、动人的。

不要惊讶于这些感情，大半的诗歌都是我在夜里写的。

我的邻居家基本都是空着的，所以更没有女邻居。有时候我想，如果我还很年轻，邻家的女孩和我一样大，向她借点土壤来种野花，是一件美妙的事情。或者夏天来了，送一块切好的甜瓜去，开心不是因为有爱情。这个世界最美好的事情，是有个愿意和你一起分享的人。

这是写这首诗歌的原点。

《雨季》姊妹篇·梦里

2017-07-12

我不愿醒来

在等一个结局的来临

无奈夜总是太短

故事才开了头

却要急忙醒来

人生太过真实

你和我

熟悉之后又陌生

只有在梦的海洋里，天才会那么蓝

你骑着一匹黑色骏马

走在万物的跟前

我开始喜欢魔法

向天空学习

如果你开始怀疑我的过去

我可以告诉你

梦里的故事都是

我等你

***

　　我写过一首名叫《雨季》的诗，特别美。

　　很多人都给了很好评价，也是我非常喜欢的作品。今天下班后，我整理了过去写过的一些东西，有一首《梦》的开篇很有感觉：

　　　　我不愿醒来
　　　　在等一个结局的来临
　　　　无奈夜总是太短
　　　　故事才开了头

　　　　……

　　我改成现在你看到的《梦里》。自然界有白天和黑夜，人也应该有。古时候我们说阴阳，我觉得，人的状态也分虚和实。太现实的社会让你很压抑，太理想的生活很不真实，所以，别忘记我们在现实的生活里，要保持对梦的尊重，因为那是你生活的另外一部分。

　　做好的梦，你总是不想醒来，多么希望夜晚可以再长点，让美丽的故事再持续会儿，有时候，你会在梦里梦见过去的梦，如此想来，梦境真是一个真实的存在。

如果你过分在意一件事情，它就会进入你的梦里。爱一个人就是如此，当她经常出现在你的梦里，不可否认，你应该保存好这种"存在"，也许你一生不会再有好的表白，存在梦里，就是把感情存在一座坚固的银行，你可以定期去取来回忆。

不是所有的"喜欢"你都要去破坏，不一定非要去表白。爱情这个东西，虚的是爱，现实是平等。所以，很多时候表白就是那种"醒来"，看你敢不敢赌一把。

一场美丽的梦就是一次良好的经历，在梦里其实你也可以看清楚一些事实，一个不爱的人，等候过久，就是一种悲伤，我称之为：错误。

我为星辰演奏，我爱你！

2017—07—17

我为星辰，演奏一首钢琴曲
让风走过来
让妈妈看见我
还是孩童黑色的眼睛

谁的心灵游走在山泉里
任凭这感觉
找回爱情的尊严
不紧不慢，像是清晨的露水
无限地落在你的身前

我爱你
这无限的身体
高过地平线上的火焰

听见你
大声地喊着偶像的名字

我爱你
迷茫的天高路远
我追不上的一切
可以在夜晚的星空望见
星星点点

我爱你
开花的窗前与走失的风筝
高傲的飞鸟
开始了长途的旅行
排列的队形多么感人

我爱你
让音乐替我回答
一切好奇的话题
爱情故事里，没有了恶人

你的日记

丢在了开始的沙漠里

***

"爱情的故事里，没有恶人"，爱过的每一个人都是那时候的自己，当爱情真的来临，我愿意天天说：我爱你。

当我是一个孩子的时候，我在想星星是谁的眼睛，它们为什么排成行，如果真是一条河流，我相信，它的源头就在我们的心里。

当你大声地喊着，"我爱你"，那是爱情的尊严，它高于一切的承诺与礼物，高于努力走过的山路，高于你为她写下的长长的信。在人的内心，谁都无法拒绝爱情的呐喊，唤起的是心底的琴声，唤醒上刀山下火海的勇气。

这首诗歌，是伴着音乐写完的，我知道，这不是一首曲子，如果你读出了飞翔的爱意，我觉得，你是我的心灵。

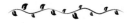

2017-08-14

我对你思念，如明月当空

星火般的山路布满了
孤独者走路的脚步
很多人，为了灵魂的救赎
举起火把

开满了蓝花的树
和墙隔着距离
树投下影子，我还是怀念
你穿过的裙子

蓝色的星空投下
无数慵懒的河流
在你的怀里，就是安静的
等候着
清晨马车上的王子

对你的思念，如明月当空
梦里，爱情来临的小镇
花开满了山坡

对你的思念，总没有如期归来
仿佛世界都融化了
雪花飘落的路

对你的思念，总像一场轮回
救活的是夜
是和你看过的星火与河流

***

很久没有写东西了，因为有自己要做的事，很多很多
无法放下的事。

　　一个人如果真学会了放下，可能就是清空了灵魂，清空了世俗的气味；我还是不大相信这样的境界，人和其他动物的不同，就是思念的时候，往往带着忧伤和焦虑。

　　我喜欢开花的院子与浩瀚的星空，这段日子，我总是在这样的状态下思考。"我的余生是一条什么样的路"？

　　没有人不喜欢安逸的生活，没有人喜欢清苦的路，我们都在修行，修一条通向天堂的路，如果你的生活是幸福的，那么开花的时候，一定是明月当空。

　　我给孩子讲自己编的《小土狼》，那是一个从来没有的故事，灵感来自在一个有月光的夜晚我遇见了一只瘦小的狼。孩子每次都听得很有滋味，也许她们相信了，在爸爸的童话世界里，一直都是皓月当空。

告 白

2017-08-28

写在树上的文字
拼成长长的告白
随风飘落的云朵
在等候一场迟到的秋雨

撑着新买的伞
走在干燥的空气里
刚写成的诗句
相对而言，有些黑白的效果
美丽的语言里
都是最简单的单词

如果有人向你告白
请把手指向天空
那场即将来临的大雨
会下得很严肃

***

　　今天是一个特别好的日子：中国的情人节，朋友圈里都在晒图，作为朋友，我祝福那些拥有爱情的人。

　　爱情是不是一个严肃的话题？每个人都有自己的答案。

　　在爱情的世界里流浪的人，是不是快乐的，我问过很多人，答案很不一样，总的来说，独立的人，都爱流浪，因为他们经济独立，精神独立。我承认我不是一个独立的人，只会简单地爱一个人。

　　有时候看见爱情树上绑了长长的红布条，上面写了很多对爱情的祝福；有时候看见山岩上长长的铜锁，刻着成双的名字，我相信，那些都是真心的；只是爱情的路实在太长，谁又记得，那些说过的写好的告白呢？

　　告白，只是告白，不是承诺。我相信，今天我们听到的更多是告白，真正的承诺，都在那些简单枯燥的日子里。

　　爱情很美好，承诺很难懂；好的日子，就是和你简单地在一起。

我们为什么远走他乡？

　　我一直有个梦想，如果哪一天中国人再也不用像今天这样奔波，分离再也不是一个社会的心痛，哪怕只是一个机会，我也会义无反顾投身其中；我觉得现在我在这条路上。只有站在一个承担社会责任的角度上定义自己的理想，我们才能真正有些光荣与进步。

　　我的很多伙伴，都是家安在一座城市，工作又在另一座城市；尽管有温暖的房子，过得依然是一个人的生活。我有时候就问：这有意思吗？

　　朋友的回答很干脆：家门口有理想吗？

　　家，不是理想吗？我觉得在中国就不是！

　　可是胃有时候出卖我们，走得很远，还是想念家里的味道。有时候是菜本身，有时候是怀念妈妈的温暖。但是当你步入中年的时候，回忆不能给你带来幸福，只有奔跑才能保持现在的生活。妈妈，走在心酸的巷子里。

互联网带给生活太多的改变，事实上未来人与人的交流会更简单，混合现实、人工智能这些高科技，会完全消除时空的距离，我们想和亲人团聚，哪怕只有一秒。问题是，如果我们连怀念都没有了，还会剩下什么？

社会总是那么奇妙，工作分为快乐和不快乐的。快乐的工作是交互的、复合的。不快乐的工作是单项的，是封闭的。如果你投入了爱，在哪都可以得到幸福。

我羡慕孩子的生活，因为干净。不要轻易用自己那些过时的理想、对社会的偏见影响孩子。让人内心干净，就是造物主的初心。也谢谢那些操心的老师，在这个经验横行的时代里，让孩子保持好童心，保持好天天向上，天天快乐的内心。

我们为什么要远走他乡，
因为我们快没有了故乡。
我们失去了童年，我们失去了童年的单纯。
我们走在离家的路上，可是时时刻刻都想回家。

我们为什么要远走他乡，
因为我们也爱他乡。
我们在这里建立了家园，改造了春天，
其实我们在这里，也有爱与远方。

生活不是一条旅途，是一种简单富足的生活，是爱与交互，是人与自然融合，是情怀带领的时代，是回归；是的，是未来的生活。

离别，是一种什么样的味道

2018-02-24

一

　　从洛杉矶飞到香港已经是早晨了，我和乐乐在机场吃了碗粥，香港的东西历来非常好吃，是熟悉的味道。我把照片发给在美国的太太与孩子，Angela奶声奶气地告诉我，她今天不去画画老师那上课了，因为妈妈给她买了新玩具。

　　我和乐乐是前一天凌晨走的，太太送我们到机场，一路走高速，我把车开得很快，也许有人理解我的心情，也许没有。下次回到这里，可能是半年后吧。是呀，如果日子过得美好，谁愿意这样奔波和停留？

　　为了不让Angela知道我们走，太太把

她最喜欢的小马电视打开，她一个人在房间专心看电视，我就这样走了。我不知道她是否理解什么是别离，我的内心充满了愧疚，连说声再见都没有机会，就这样走了，我答应她送她上学的承诺需要很久很久以后才能兑现，她送给我的手串还没有做好呀……

　　我快要登机的时候，太太发了一段 Angela 几秒的语音给我："狮子王，小白狼要睡觉了"，一刹那，我的泪水流了下来。

二

　　我很幸运，我有四个美丽的孩子。可是对所有的孩子，我都心存着愧疚，没有所谓的事业，我带着一身自私走南闯北，我把太太留在美国，几个孩子散落在各地，我看不到她们，也无法关心她们的成长，我有时候晒着她们的照片，连自己都感到陌生。

　　大女儿要考虑大学的专业，她的成绩很优秀，我本想鼓励她追求卓越，像我一样做个"有理想"的人，可话到了嘴边，我却还是告诉她未来过得简单些，让关心她的妈妈放心些。不知道她是否理解我，一年之中，我和她的交流都在送她上学的车里。

　　整个春节，我都在失眠。我在群里看同事发各种过节的照片，那些熟悉的佳肴，熟悉的场景，有时候突然间觉得我真的走得太远太远了。妹妹给我发来父母去亲戚家的照片，我看到了苍老的他们，内心非常非常难受，才六十多岁的人，感觉……

我不知道要说什么，要给予他们什么才能快乐。他们会为我们这些孩子骄傲吗？骄傲又能怎么样呢，他们还不是一样担心我和这些孩子。

三

童童给我发了过年创作的几幅漫画，看得出来，她已经不是一个孩子了，她有自己的想法。我本想去教育她几句，可她告诉我，她考试成绩还是很好呀。我不知道说什么，一个不在自己身边长大的孩子，我能教给她什么？每一天，都是别离吧。

孩子都很小，不懂得那些复杂的感情，也许我已经老了，开始想如果以后她们上大学，要出嫁是什么样子，我会像电影里一样，舍不得她们离开我吗？

其实，我本来就不拥有她们，她们也不在我的身边长大。

我开始心疼我的太太，一个职业女性，变成家庭的主角，每天奔波在这些不懂事的孩子和我之间。是呀，每次相见我们都需要熟悉对方，等熟悉了，我的飞机又要起飞了。

我羡慕所有美满的家庭，在别离面前，矛盾算得了什么，所有的不开心，一旦遇到了分离，那又算得了什么？

四

我对太太说，我远离她们出来工作，是为了"理想"。我是一个爸爸，我陪伴不了这么多的人，作为丈夫，我也接受这样的局面。我知道这些话来得牵强，可是支持我们出发的，还是最爱你的人！

在一个中国的家庭里，需要一个在外的人，自古以来就这样，这是中国人的宿命，也是最好的安排。

也许哪一天我真的回家了，回来陪伴她们。她们长大了，也忘记了那些分离的味道，我只有牵着太太的手，在家门口走走，算是旅行吧。

这也是幸福。

时光笔记

2018-04-21

我常坐很早的航班，因为很少会延误
我也常坐很晚的航班
在安静的机舱里，可以随意记录自己

有时文字会变得很可爱
有些灵魂这时会跳出来玩
我把照片翻了一遍又一遍，装不下，
也不忍删掉

我告诉自己，记下来，记下来
没有传奇的故事最真实
就像一项简单的工作，坚持久了
也会有理由

你的一生就是在与自己战斗

开心的时候鼓励自己

失落的时候就仰望着星空，不要没有意义的后悔

谁都不一定有辉煌的过去

我不断告诉自己

不要想那些过去与曾经，时光的意义是正在发生的那一秒

我们不要天长地久

每一天都要轻轻松松

写笔记，写本时光的笔记

碎片多了，就有沉重的意义

写在心里的心情，脸上流露的表情

蓝色的海洋

绿色的湖，黄金海岸的比基尼

玉龙雪山上的丽江城
都转换成几段时间笔记
如果心情空了，读出声来
也是一种浪漫满屋

思念是一种奇怪的东西，有了年龄
开始生病，反反复复
而工作却是一种青春的延续
你厌倦了它，自己一点也不开心
人与人之间其实都是爱
如果有恨，应该是爱得不大认真
事情如果按部就班地走过
你穿的新衣，不就没人注意

用时光记录另一个自己，那些坚持有更多理由，那些
放弃也无怨不悔
时光的样子
是太阳照下来，你的影子很长很长

不要在乎别人的评价

给予掌声的是自己，如果痛了告诉你自己

没病的时候，想想怎么写出精彩的笔记

给笔记打开那把锁，给予世界走近你的机会

给冰块盖上被子，即使温度高了，它也不会融化

世界开心的时候很奇妙，世界悲伤在夜里

所有所有话，都是一本精美的

笔记本

所有的旅行，都可能会有惊喜，四川黄龙，就一定有龙

惊喜不已地发现新物种，龙的形象

我想都是年轻英雄

长白山下种满人参，漫山遍野的是梅花鹿

有的人进补，有的人却在画画

如果你的灵魂没有出高山，就带个望远镜

看出去，看出去
那时怀疑的谎言好像不在那里

冒险多好玩，有时命有归宿
安逸的生活迷迷糊糊
把灵魂还给自然，给别人做个手工送出去
不是拒绝它的存在，我们内心深处是一个一个未知

如果是种假设，但愿是期待
我的世界到处是脚印
但愿，我们走得踏踏实实

你知道，我是爱你的

2018—08—02

（一）

你知道，我是爱你的

尽管有时候
天空总有云
早起的飞鸟没有话
尽管有时候
我离你很远
又很近
你知道，我是爱你的

如果春天只会盛开五彩的花
那冬季来临的时候
我会带上厚厚的画夹

如果你在抱怨风来得太晚
我想说，因为它在路上
正赶上了雨

美好的季节有爱
更美好的时光很快
在烟花盛开
细雨来临的天涯

你知道，我是爱你的

（二）

登上高山与路
向大海告别

苦难当前的世界
孤独是信仰的高地

他山充满能量
登爬用力的是呼吸
氧气与水
却是满满的虔诚

处于低处的人生
总想拥有高空的角度
云与海，树与巨石
只有开花的时候

世界向你双手合十

时光机器

2018-09-12

时光落在土地上
收起古铜色
饮上纯净的水
想起鹿，和回家的山路

时光落在城镇里
早起的湖
与幸福的中老年人
唱起孩童的歌谣
回忆，年轻的毛主席

时光与谁都会是朋友
敌人和战友
过得安详是时光

过得曲折是山路

有时候
时光更似调皮的童年
任性地写着欢乐

有时候，时光埋葬着青春
一场热闹的恋爱归来
孤单正是中秋的月

唯有内心的血液是红色
留有温暖
像古铜色的油灯
自然地散发出爱

和每日与深夜约谈的独白

时光收纳了剑客的剑
归入深山与老林
时光收起了年轻的长发
潇洒的是笔与纸
写着爱情，却守着孤单

把时光纳入海洋
与成群的鱼讲那些传奇的故事
最精彩的是
一个人走过山丘

把时光纳入怀抱
那些曾经告白的森林
长出白桦林
这种树，只有风吹过
才能听见泪流的声响

时光没有停止脚步

但生命在另一头滋长
孩子的脸庞，不老的心
见证着这个不愿老去的世界

时光雕刻性格
机器主导社会的脊梁
肩负的是爱，是夕阳下的晚舟
唯有雷声再一次告诉我：

我们走过的路，正被无数人走过

***

这是今天在上班前，我在房间里写的诗，没有中断过，
也没有修改，就这样一气呵成写出来。诗歌有时候很奇妙，
也许在暗示着什么，内心的荷花吗？但还没有开放。

时间是无情的，其实是我们更无情。我们吝啬爱，吝
啬付出，却幻想得到宠爱。在时光这台无情的机器里，我
呼唤真情，这才是美好的东西。

"时光收起了年轻的长发 / 潇洒的是笔和纸 / 写着爱情 / 却守着孤单；"

"有时候 / 时光埋葬着青春 / 一场热闹的恋爱归来 / 孤单的正是中秋的月；"

"那些曾经告白的森林 / 长出白桦这种树 / 只有风吹过 / 才能听到泪流的声响……"

岁月对大多数人来说，终归是孤单与沉寂的。说好的结局总是擦肩而过。所以，在时光的机器里，多记录美好与爱情，免得老了不知所措。

人走过了很多路，到了中年，有了蹉跎感受，开始埋怨青春的选择。其实精彩的是自己走过的路与山丘；你忘记了，出发时的快乐。如果你再看来者，年轻的人，可以任性地去爱，热情地生活。你应该记得，花好月圆的中秋。

未来听说很难，国家、家庭、生活、工作。难，不是世界本来的面貌吗？山路不是常有的风景吗？感恩那些无情的黑夜唤醒灵魂，不要停留，因为山就在这里。

或者

2019—01—29

天空蓝或者黑

大地瘦和肥

巷子里的人都已迁走

日子过得越来越像火车

快的更快，慢的更慢

森林里有狼或者没有

海洋黄得要命

命运泛起的沙石

把好看的鱼打落成

垃圾、树叶和难喝的鱼汤

季节温暖或者干燥

爱情只写在脸上

迈开步子去呼吸空气
有时候
需要担心夜晚是不是
星光璀璨

就想睡过去
让时间停止美丽的脚步
音乐不要打扰我
与爱的东西堆在一起
我就静静地什么也不想

好想——活得像一头羊
穿着厚厚的衣裳
睡在绿色的海洋
白色的是情
蔚蓝的是
天空飘过的雨

***

很久不写东西，重要的是，我还是写了。尽管我也不知道，写了什么，写得好不好，日子也是这样，慵懒的时候很美好，可是有时候又觉得烦躁。

人不是动物，因为有太多的担忧。

或者，更是一种选择，是自己问自己，是肯定但又是否定，也许在说的时候，我们内心都有了选择，只是你在等一个更坚定的理由罢了。

我一直不大理解"听从内心"的声音，也许就是这样，给点时间来考虑一个决定，不再毫不犹豫，不再轻易否定，很多决定是慢慢等来的，时间并不是浪费的，对于内心坚定的人来说，更是如此。

我有时候也对自己说：或者，也许我会选择不同的人，选择不同的路，过不同的生活，或者我选择做一头浪漫的羊。

现在距离过年还有一段时间，但街头的人与车减少得很快。经济形势不好，在街头都能感受到，或者，下一站是春天。

不是吗？

我听到了，是树的声音

2019-02-08

高山上
我听到，风的声音
夹着雨
像猛兽走过山川，回家的
脚步声

崭新的列车开过
冰山破碎了
黑夜的睡意
唯有对人的思念，一闪而过

红色的鞭炮
邀请写好的春联
迎接欢乐与幸福的声音

在孤单的院子里，和夜晚
响得断断续续

我担心的是，下一段行程
听说
没有陪伴与爱
那些提前写好的锦囊
都是骗人的谎言

我担心，不再有依赖的人、熟悉的路
不再有朗读和告白的对象
你选择了这样的生活
谎言也是一句
活下去的理由

我在想，如果年就是一场战斗
打败妖和怪兽
问题是
我们自己在别人的眼里
是否也是怪兽

我想起树
那些年代久远的声音
鬼的故事
和骗过孩子的话
是否还害怕

我想起树
那是飞鸟最美的家乡
是温暖和寒冷
都赶不走的停留

我想起树
就这样站在山的腰上
没有祝福没有爱
每天望着太阳升起
又望着夕阳
睡去

我得了一种病

我得了一种病
在 100 天后，眼睛将失去光明

我非常恐慌
就去找上帝
上帝说：你别想挽救什么，想想如何度过这
剩下的时光

我去问二郎神先生
老迈腐朽的先生说：
要眼睛干什么，你看看我，多一只眼睛
只是多些偷窥罢了

我刚走出门

来了一个白发苍苍的老爷子
号称包治百病
说用天山雪莲、千年首乌、深山老妖毛……

去你的，你就是一个骗子
吓一跳
梦就惊醒了

***

　　最近感觉身体不大好，肯定是病了，估计还不轻。有时候我们不慌是因为没有真正遇到事，用旁观者的眼光看社会，我们写不出深刻的历史。

　　上帝说，如果让你重新活一次，你会怎么过？

　　还有选择吗？还不是日子又重复下去，直到死神来领的时刻呀。

　　所以我想起了乔布斯，已经是传奇了，还要出来拯救苹果公司，改变世界的生活方式。

　　当生活真的面临一次重大选择，我想精彩地度过这一百天。因为我不相信也不期待奇迹。

　　世界很好，不要慌张。地球不会流浪，流浪的是我们孤独的灵魂。我要想一种仪式与世界告别，如果真有这种仪式，我希望是一首诗，诗的第一句是：

　　夜晚总是那么长，我们一起，晚安。

没有一本书

2019—03—10

没有一本书
可以写满春天的句子
就像你从不告诉我
你的真名字

没有一架飞机可以冲破
蓝天
回归大地是所有生命的梦想
而你
却长着高飞的翅膀

没有一盏明灯可以

比月亮更漂亮
但是，灯总会为你留下
月亮却终归于地平线

如果可以
我愿打着伞为你找回
爱与春天的雨

如果可以
我陪你走遍世界的角落
只为找到你——
停下的理由

**

终于有了想运动的冲动，但是我希望我能坚持。行走不是身体原始的动力，而是对自己的陪伴。

没有一架飞机可以冲破
蓝天
回归大地是所有生命的梦想
而你
却长着高飞的翅膀

有时候，走在路上，想，那些白天的鸟去了哪儿？天这样下着雨，它们的巢里会是湿漉漉的吗？又一想，我的担心是多余的，哪天我不是被鸟的声音吵醒的，在那些听不懂的声音里，我听不到一丝担心。

再美丽的月亮终归于地平线，而你，总归要踏上回家的路。这是人生的轮回，是生命起起落落的曲线。没有任何的理由，没有任何的场景，可以让时光回流，你可以在下一个渡口等她，可是她却不是当初的名字。

读一本书，就是这样。可能每天得到的结果都会不一样，每一种结果都和你有关。在一些理不清的思绪里，你会发现自己多么多么的孤单，连自己都不认识自己。

所以，我们要常常带着一把伞，不仅是为自己，更为一个需要的人。

如果可以
我愿打着伞为你找回
爱与春天的雨

也许我们需要一把非常大、非常美丽的伞，和喜欢的人，就这样走下去，世界就可以天荒地老。

没有一本书，会告诉你人生的答案。大多数的时候，我们并不认识自己，当生命快到尽头，也许我们感叹不已：世界那么多不真实，唯有真爱的语言，那么难得！

和解

2019—04—06

望见，成群的鱼在翱翔
这是生命的本能与
爱情的力量

在温暖的土壤里久了
渴望自由自在的模样

时光，总在窗帘上起起落落
坚强的是黑色的飞鸟
在一片花的丛林里
立得如此骄傲

一切的渴望都源自古老的法则

爱的开始仅仅是温暖

万物万事的结局

却是，另一种开始

和你，和鱼，和苏醒的天堂

面对面

道一声：安好

***

　　和她，和云，和晚去的夕阳，对望着。

　　这是一切世界的身影。

　　每一个人，都是一只飞翔的鸟，在有限的白天里，和时光赛跑。

　　每一段目标，都有难以企及的壁垒，所以，在困难的时候，我们要善于与这个世界和解。道一声：安好。

　　生命中有很多很多开始和结束，但是这些都是过程，就算到了夜晚，也只有短短的 8 个小时，天空就会张开翅膀。每一次开始，我们不是赢得竞赛，一个英雄，真正需要的是最后一投。

　　我每天坚持走，绕着一条很长的河流，在特别安静的时候，我总听到鱼群的对话，那些恋爱的感觉，那些分别的时刻，和电影一样出现在我的音乐里。

当你告别那些远大的理想，回到你身边的就是玻璃一样的微观碎片。你不得不承认，它们也是发光的。

那些还在路上的朋友，请你打开自己的笔记本，记录每一段优美的故事，或者是童年的伙伴，第一次轻吻，还是多年后你期待遇见的爱情，只有把这些珍藏的记忆收集好，你的故事才永远都讲不完。

和解，和那些任性的岁月，和一个更好的明天。

写满春天的诗

2019-04-19

想了很久
生怕夜晚的星空太暗
我把伞打开
为了你，一场安静的梦

风把棉一样的东西铺满院子
只有雨
停留在树的叶片里
渴望多么强大
只是为了见到一丝光

这把时光的剪刀

剪断无情的河流与

新发的芽

日子，就是盛开的月季花

这炭火一般的温度正好

可以垒起半座高空的房屋

有人坐在那里

赔了青春与年华

***

一夜之间，春天就交出了答卷。散场的仪式也不重要了，每个人对季节的感受是不同的，唯有希望是那么有期待。

有时候，你要佩服万物生长的力量，在一个夜里，那些花儿争先恐后，开个没完没了。一大早，看到的是希望，尽管时间那么短暂。

如果春天是一个美丽的女孩，你会愿意多和她待一会，可以闻到她的味道、看到盛开的状态，听到花落下水的声音。

写诗的人特别少，因为真正的感情都在酝酿着，就像土壤里的种子，运气好的时候，你马上看见她发芽，但很多很多的精灵，也一直在深睡，一年又一年。只有爱，才是唤醒的妙药。

我们都热爱春天，这气候、温度、河流与看热闹的年轻人，这么美好的时代，春天就像一个我们暗恋的人，每一年，你都在这个时候特别牵挂她。

星字路口

2019—04—26

星字路口
雷雨站直了腰
它把眼光投向
滚滚而来的车流

给装配好的剑重新
配上花环
阴沉的积木
如此沉默不语

它们在等候一场久别的重逢
把肥胖的时间
挤出水
形成一道闪电

***

有了雷雨，就会有闪电，

有了分别就期待重逢。

好像，这是一场波澜不惊的轮回。喜欢的人，在其中；不喜欢的人，也在其中。

但是每一次在一个路口，就有一场必须做的选择，面对滚滚的车流，感受到自己的渺小，又切实地体会选择的权利，感叹回头太难。

最近一段时间，心像一头没有眼睛的猛兽，在不同的方向，向我发出了邀请。感觉到未来的不确定，又感觉还留下了不少的希望。这就是没完没了的人生，当你安静下来，你的内心却又出现无数道闪电，地动山摇般。

每一个路口，就有下一个自己。

起码在一段时间内，就是一种安排，遇见不相干的人，做着无法安心的事情，或者，你下一次选择。

繁华的时光容易带坏一个人，毕竟一切终归于沉寂，在一片热闹的土地上，我们需要保持热度，但也必须冷静。我们都无法做成刘强东。

春天在一个清晨就过去了，你来不及写首诗赞美，就遇见一场雷雨和一道闪电。

写到这里，因为很多人都在想一个问题：下班了，要早早回家。

理想这种东西

2019—07—04

写下无数的文字
却赞美不了你

赞美的词典
写尽了中国的句子
它藏在海底的城堡里

这是一座巨大的神殿
端坐着神奇的力量
在秘密的地方，藏着真相

我不了解梦想
却紧紧抓住不放

***

大人物说：

理想是什么不重要，重要的是为理想走下去。

一个有理想的人，与一个苟且于眼前的人，区别是在10年后，一个年轻，一个老去。成功的人，都有一个特征，拥有坚定的理想信念。

也许我们在不断地改变自己的目标，但不能没有目标。即使我们不能过上很好的生活，也不能停止对美好生活的追求。

不是每个人都是马斯克，但是马斯克这样的人改变了世界。不奢望每个人都过上丰盛的人生，但所有的美好一定是通过追求得来的。

不要羡慕住在院子里听雨的人，因为走出了这座院子，他就是梦想的仆人！

在一次长途飞行的路上，我写下这些文字，也为自己找到更多前进的理由，人生有起有落，但梦想不能止步。这种神秘的力量，无法用语言来描述！

牧师的话

2019-07-15

不该去见那牧师
向他坦白
我爱你

不该告诉别人
我有多么痛苦
我坚信，伟大的友情
不在时间的日记里

不该告诉你
这些年的秘密
有些心思
像一座宝矿

挖完了，除了痛
就是空空荡荡

皇后山

2019-07-18

为明天造一艘舰
献给海洋的国王

晚上就出发
向一座无比辉煌的岛

国王高戴着皇冠，立在宫殿
像归来的英雄挥手致敬

皇后微笑着
像慈祥的海浪

灯塔的钟声已经响起
梦一样的国度
我们身披华丽的兽皮

***

　　这是在路途中随手写的小诗，有着两种不一样的心情与状态。

　　人的确是一种特别的动物，很多的话，你非常想与他人分享。可是在如今这个忙碌的世界里，真正关心你的人其实是没有的，哪怕最亲密的人，也是选择性地倾听。

　　所以，很多人宁愿孤独一生，而不到处倾诉。

　　孤独的后果有两个，更孤独和成为诗人。但是诗人这么少，我相信，这个世界到了夜晚都是孤独的人。

　　不要轻易告诉你的内心，哪怕是在醉了的状态，不要向别人的内心投出一枚炸弹，没有用，孤独的人还是要习惯孤独。

　　所以有电影做出一个假设，假如你有 20 亿，要花完……

　　这是多么美妙的炸弹呀，就像，假设你是一个国家的国王，有美丽的皇后，无数膜拜你的臣民，整齐的战舰，辉煌的宫殿。

　　人有很多幻想，一切的美好，一切的自由。其实也不是不好，在如此的今日，支撑我们活下去的，就是幻想。

　　听牧师的话，做自己的梦，习惯和自己的内心对话，不要做一个倾诉者，在时间这条线上，我们都很短暂，做一个英雄很不现实，但是做一个真诚的人，只要努力还是可以做到的。

第二章：心灵的碎片

　　很多东西只有到了收集的时候才知道它的存在，如果没有机会，它就在古铜色的箱里过完一生。

　　写了很多关于爱情的心情，都是碎片一样的，大部分我都忘记了在什么时候写下的，写给谁。现在我开始一一寻找出来，很多作品估计找不到了，因为有时候赠给了朋友，人家早就删除了。

　　我们都希望爱情是完整而美好的，与喜欢的人度过此生。人总归要长大、老去、死亡，但爱情却是保鲜的东西，只要人类存在，爱情就是年轻而美好的。所以不奢望那些童话般的爱情故事发生在自己身上，独坐窗前，你认真思考，珍惜此刻拥有的美好时光。

　　爱情是上帝考验人类最好的手段，甘甜的是初恋，痛苦的是思念，如果在不适合的时间，爱情就是无情的杀手。我见过很多美丽爱情的结局，也读过很多凄美的爱情故事，我常常为别人流下眼泪。

　　为自己，我只是留下碎片一样的句子。

蓝色港湾

青春的脚步
停靠在岸边
无处追逐船只
都已远去
蓝色，原来这么美

冬日的寒冷
因为思念披着外衣
从海上吹来
你在远方
无处可藏

谁不喜欢温柔的拥抱

在春暖花开的地方

谁不爱筑着孩子的王朝

迷恋日出月落

是呀，蓝色的港湾

我解开流浪的绳索

任由爱情漂流

为什么当初离开

你欠我的挽留

空空荡荡

和
自
己
干
杯

谁陪我
走过这黑暗的路
扶着森林
看海面浮动的光

也许可以借条船
出海
寻找梦里的光景
悲伤的时候
有一个温柔的洞口

那是太阳睡去的地方
光阴都虚度了
岩石被鱼磨去角
引飞鸟盘旋

也许可以热壶酒
和自己干杯

感恩每一天

感谢世界给予光芒
谢谢天空的色彩
清晨的露水和——
孩子的欢笑

感谢河流养育鱼群
谢谢飞鸟带来宁静
谢谢森林
给予城市生生不息

感谢生活、工作
这是一切的起点
没有自由无边的沃土
勤劳的人
还有不安分的心

感谢苦难
谢谢对手、敌人、战友

感谢世界上的每条路

上天安排

每一次证明的机会

每一次危险的来临

感谢家人

他们陪在你身边

感谢孩子

在你生气的时刻

融化愤怒

让你重新拥抱希望

谢谢你的咖啡

像园林师酿造的蜜

这都是爱

融化每一个失去幸福的夜晚

结局与答案

我一直在想怎样的结果
是彼此最好的答案
就像经历了梦幻的秋季
冬天终究要来

最好的答案应在
朗读的圣经里
宽恕自己每一次的幻想
一次次忘了今生
赤裸与单薄的外衣

结束——
是在天堂的又一次开始
不再背负牵挂
自由的灵魂高贵
简单的人成群结队

送你到渡口

船儿即将飞向云朵
你不愿离开
紧紧牵着我的手

其实——
我的内心也难过
和你滚烫的手
连着一个相同的纬度

其实——
我们刚刚聚起
又要回渡口
日子总是这样的
天空，隔着一条长长的河

每个渡口，不应有悲伤

饱满的表情

很快会变化

你的世界与伙伴

在海的岸边

如果明天是阳光灿烂

我想抱抱你

看夕阳落在窗口

看房子落在山下

每天、美少年

2017 年冬于上海浦东机场与 Angela 分开的时刻

画里江南

爱上高铁

因为每次都有期待

会遇上谁

或者安静地睡一程

看半页精致的书

生活有些倦懒

安静的想法多过冲动

也许老了脸庞

更老了心灵

就像这趟常坐的高铁，枯燥而风雨无阻

窗外的天空永远不蓝
村庄早已失去江湖的色彩
江南的故事只是曾经
那些泛黄的书里，有忧伤的诗人

我开始可怜孩子
她们可能要在异乡长大
如果她们问起江南
我要怎么回答

碇

天空摇着叶子
树上爬满了花
梦里的河流涨起潮
涌向岸
像一群饥饿的羊

融化一个季节的颜料
画出模糊的脊梁

孩子的眼睛
在雷声中苏醒
骏马热血归来

碇、碇、碇
这是谁的声音
还是风暴来袭的清晨

扰
人

你走了
路上长出了青草
我的诗开始荒芜
零星的像几座星座
一不小心，被河水淹没

我想借点柴火燃烧
看炭火的脸
是否滚烫，是否冰凉

无知就像爱情
起风就怕惊扰——
出壳的小鸟

宽恕

写一首诗歌
宽恕自己的眼睛
在黑暗中睁着
听不明不白的声音

这段不眠的梦里
有无数的灵魂
笑着走走停停
在海洋一样的地平线
无处安家

不开花的季节
种子就会落在地里
那滋润的黑色
是母亲的轻声言语

时间走过了今天
明天就在你的跟前
爱与不爱的世界
多少有点情怀
别怕，这绸缎般的日子
很快就远去，很快就又在梦里

夜
太
深

夜太深
我不愿醒来
等一个结局的到来
无奈夜短暂
总在失落中惊醒
而你，总不来

很多结果，心总有侥幸
有如人生太真实
彼此都很记较
你与我——都会陌生和熟悉

如果一段感情
在心里忽隐忽现
那是孤单的身影和
流动的灵魂

为什么
你们总在夜里袭来
牵动我早已麻木的神经

秋天美人鱼

秋季的时光很长
在那些忧伤的夜晚的
啤酒杯里
在一阵爱情的歌声里

美好的季节
忘了哪里最温暖
哪条路上有熟悉的风景
哪里会遇上美丽的你

可是，秋来的雨
扰乱原来的一切秩序
安静的山林

热闹非凡
想用相机记录下的时刻
我拿起了画笔

孩子们穿起长衣
在湖边与金鱼告别

再见的时候
应是在另一场秋季
你是美丽的爱情
是一条孤单的
美人鱼

雨
和
风

夜深的时候
我把窗户打开
让窗外的雨声进来
滴滴地回响

雨声夹着风在走
把梦里的故事变成真
抒情的金曲
跨越海洋
陪着阳光与星河

不用担心叶落的滋味
回归大地是我的初衷

有一天
你轻轻走过
别再惊醒了我的梦

开始和结尾

习惯了一个人
就爱蜗居的小屋
进来一只蚊子
都可以是好朋友

如果来了一只流浪猫
我也会开心
没有吃完的食物
可以一起分享

如果有一个女孩
我会用心写一首诗歌
赞美故事的开篇
和结尾

残
忍

冬去春来
反复来临的日子
都在河流的浪里走
钓鱼的哥哥
一守就是整个夜晚

可怜桶里的鱼
为了一点点诱惑
就断了
刚开始的爱情

Angela：我听说

听说，你还是睡懒觉
就是不想上学校

听说，你在学校老哭和笑
和同学一起唱英文歌

听说，你把玩具打翻
捡起来却藏在枕头底下

听说，你想打电话给爸爸
告诉我你被姐姐欺负了

听说，秋天来了
你在花园看虫子却感冒了

听说，你老惦记老家的院子
还有爷爷和奶奶

听说，你每天去翻信箱
等爸爸的信与
神秘的礼物

宝贝，我只想亲手抱抱你
看你长大

康
定
路

九月不过深秋

雨落在清晨

流浪的灯火通明

梧桐树上歇着凤凰

我的世界很小

安静走过这段路

步履蹒跚

就当孩童般亲近大地

康定路

没有情歌的部落

康定路

华丽上海的俏媳妇
向东向前
立着不守时的公交站

康定路
梦里常走的路
下着雨不用伞
细细听秋雨打碎落叶

这滋味
咸得像鱼

邂逅

一切醒着的世界
正等待着你骑马路过

那匹黑色的烈马
像院子一样温柔
你走过我的小屋
回头微微笑

你说这里是你的梦想
与马为伴
写诗与慢慢行走

谁能期待
与你幸福邂逅
你微笑不语

那匹骏马
正载着满地鲜花
向我走来

爱情的上海

给自己写封信
寄给明天

写一段散文
爱情忽隐忽现
你的出现
终成无尽的雨季

写一篇诗句
在夕阳西下的山前
听风走过的脚步声
等待的是长长的夜晚

写上祝福的话

祝福花开的力量

飞翔的鸟

冬天的发芽种子

再画上一幅画

水彩的江南

你摇着动人的曲子

和一个

只是两个人的下午

我还要写出你的

名字与地址

就在，爱情的上海

我只是希望，你很好

我希望天空转雨
森林披上风衣
村庄的路口
开始人来车往

我只是希望，你很好

燕子归来
油菜花遍地开
温暖的土地
生长着初生的禾苗

我只是希望，你很好

城市的灯火去了
孩子安详
穿过浓雾看见星空
公交站台，空无一人

我只是希望，你很好

时间开始旧了
写的信拆了又封上
一台旧式的机车
再也发动不了青春的声响

而我只是希望，你很好

旁观者

你不要做一名旁观者
看我把心脏摔碎
那些蘑菇爬满山坡
拾起来煮
淡淡的有些苦味

你在路上撒满了种子
满山是你的红叶
向陌生人挥手敬礼

此刻
你如果在我的怀里
可以听到
心在轻轻地跳

红了的夜晚

挑一盏星辰
找寻昨晚的梦境
西湖岸上长长的椅子
倒映着孤单

你牵着我
像孩子一样的温暖

断桥的故事
讲了几代人
无数游人踏过去
欣赏雨后的柳
明年春天又快到了

我们在这里相遇
又在这里分别
曾经刻过的铭牌
早已生锈
勤劳的船夫，那么用力

你坐在船上
像荷花的小时候
羞涩地躲开，一条惊慌的鱼

Angela：明天早点来

我把秋拾起来

黄色的叶子

写满爸爸的思念

我在这里

念着无聊的英语

听说，家里开始下雪

我想在这季节

喂养一匹美丽的小马

每天早晨

骑着去见朋友

给她们讲中文的故事

我爱妈妈

因为她常牵着爸爸的手

还陪我吃饭

做她的拿手菜

看我把地毯弄乱

转身对我吼叫

我的姐姐们

她们忙得要命

书读得不怎么样

听说，老师常告状

我希望

明天早点来临

好让她们带着我

骑马看风景

冬至不孤单

雨下得急
吹不散漫长的夜
冬天等在窗外
看热闹的人欢笑

我是一个孤单的孩子
任性地丢掉了
心爱的玩具
告诉你吧
我喜欢在夜里默默地
背诵童年的诗

那是一个
村庄的故事
温暖的火把，把家烤得通红

褪色的新曲

想你的时候
心开始疼起来
因为你的样子
开始模糊

青春的印象开始褪去
你还是那个样子吗

无法用书信的年代
我只有笔
你出现在我的世界里
那些碎片
青铜色的语言
只有几天

无法逃亡

我背上行囊
准备逃亡

黑暗的天空
淹没了——干涸的河床
鱼学会了飞翔

千年的古木发芽
在一个寒冷的季节
送亲人别离
看大地的灯光
摇摇晃晃

逃离，没有白天的黑夜

在绿色的森林
燃把火——
把墙烧成古铜色

逃离，呼吸困难的城墙
在河流的源头
写上咒语
弯弯曲曲像首儿歌

我想起孩子
笔下的房子和森林
乌黑的眼睛
像极了——河流里的鱼游来游去

2016 年冬于北京

我是一只候鸟

留一段路，下辈子陪你走
在开满鲜花的路上
我牵着你的手

我们都是爱情候鸟
领略再多的高山、美景
遇见无数故事传奇
而终究——
要落在自己的鸟巢里

爱情的路，像天空的金黄
开始与结局有一样的色彩
鸟儿在枝头
讲着动听的情话
走着走着，你丢下了我

我想等候一段时光
把回忆写成故事
故事很单纯：只有你和我

我想把悲伤的结局
改成欢乐
红色的衣裳
终究只能穿在身上

下辈子陪你走
我还是那只候鸟

距
离

藏在森林里的树
写满孩子的短语
飞鸟的距离
等同风筝的线

天空飘过雨
青草地上
倒映着游子的心
打包的行李
重得喘不过气

孩子
我和你的距离
不只是时间问题

洛杉矶的雪山

即将到来的别离
扰乱了夜晚
山脚灯火通明
却不见行人

橙树四季都在路口
挂满枝头的是爱
甜得心酸

好想让时光停留
雪山融化的时候
河底的鱼不再躲藏
阳光来的早晨
孩子的梦刚好苏醒

如果人生再有一回
我们还在此处
挥手别离

一
切
都
很
美

天空很蓝
水草丰美
鱼在水里保持
睡觉的样子

雪山正在融化
养育满山的野菊花
只有空气
找不着方向
懒懒地待在院子里

如果可以
我不会让你走
等到幸福花开的时候
我写的诗
刚好有了开头

洛杉矶之新春

生一堆柴火
靠在山坡
看火把柴烧尽
温暖传遍夜里

这是光荣与梦想
和心爱的人一起
数着星星
喝干雪山融化的水

我们希望
无家可归的飞鸟

从此有家

找不到妈妈的狼

回到洞穴

一切众生的幸福

源自相爱

把希望点燃

从你的手上传递

无论是谁

都去做草原的大地

当生命路过

我们深深祝福

上海好像不下雪

听说，上海开始下雪
而我正在回家的路上
温暖的季节那么短
寒冷像陌生人
一次次走过我的家门

听说，上海开始下雪
没有漫天的雪花
也没有浪漫的夜晚
一次寒流
像流星击中伤口

我开始想象
如果雪封了路

谁会在街上行走
孩子躺在温暖的屋里
烤着火
街头的行人结束流浪
找到幸福的家

我开始期待下雪
可以感觉到爱情
被皮衣包裹的温柔和
两个人的脚印

星空的赞歌

森林告别沉默
阳光落下温暖的种子
金色的流云飞过
河流，挂在天空中

我要为你写一段童话
让黑夜化作清晨的露水
洗涤悲伤的尘埃
树枝上
长出宝贝般新芽

我要为诗词谱上新曲
祝福你的爱
遇到美丽的翅膀
天空的云，披上公主的衣裳

我要为你描绘星空浩瀚
月光温柔
爱情的词汇在银河里燃烧
大声朗读
望不见终点

如果星空就是一段童话
爱情相遇美好
当思念的铃声响起

亲爱的人，我会永远陪你在身旁

2017 年 2 月 14 日于美国

昨夜落了叶

昨夜雨来得急
把院子的叶打落一地
那些冬天的回忆
就要融化成水

飞鸟从山林归来
带着一群孩子
也许它们需要安家
叶就有了归宿

云朵是客人
常常站在门前开花
昨天，醉了一夜
雨就落个不停

我很担忧这日子
要赶在今天
安顿好一切问题
因为明天
春天的爱情要来临

新物种

把窗擦干净
好看清窗外的世界
春天的泥土湿润
口感好的
还是新鲜的空气

一路追随的是信仰
来自土地的神话
长着黄色花朵
从远古到今天

追随是心结
回不去的心结
一个失去土地的物种
未来总是忧心忡忡

丽江的雨

我的院子落起了雨
声音好听
半醒半醉的灯火
传播着一种思念的病毒

开花的树
应该有一点点孤单
没有阳光的滋润
雨季让时间走得很慢

我把门打开
让思绪传过来
你在我的不远处
敲打着我的来信

2018 年 6 月 9 日 10：05 于丽江

牵挂

怕听到雨声
怕在寒冷的季节入睡

一个人
回忆的时候
都是在夜深人静
听到虫叫与蛙鸣

怕思绪停留在
田野
风那么大
山上高高地立着佛像
微笑而慈悲

我担心的是
你忘了
带走我身上的牵挂

2018 年 6 月 13 日 22：48 于长春

无
题

遇见花开的季节
就像站在天桥的岸边
冥想——
你的故事如此简单
连回忆都是随风而过

如果一切都是晚来的报应
携手走过这山丘
我们建一座没有
风雨的房子

让爱情在这里自由
生长

2018 年 6 月 20 日 22：36 于北京

纸
的
承
诺

不想走的旅行
只因碰见雨

纸做的伞
和你的承诺
容易漏个透底

巨大的石头上
刻了字
谁的一游又遇上谁

担心世界
饶恕不了人
下过雨，就是理

还好一切都有意义
迎风落下的生命
拍打起
说了半夜的心情

2018年6月21日23：19于长春回上海的飞机上

杨
梅
弯
下
了
腰

我担心了一夜
江南的雨
是否击落了院里的杨梅
它是一枚白色的果子
像雪片一样温柔

我担心的不是果子
我想念种树的人
你还在
忙着收获
还是又种下
一轮酸甜的味道

合上书本吧
记得写好时间
去看看
雨后的院雨后的人

2018 年 6 月 22 日 22：53 于上海

Baby

划过天空的是雷

和刚醒的 Baby

走过石阶的晨脚

喝过山泉的是——

梅花鹿

我想成为一棵落叶的树

在一个寒冷的夜里

我做了你曾经

讲过的梦

下
雨
的
时
候

我在寻找一首曲子
可以帮我找回，失去的季节
那时候，你很美
像一个孩子在风里奔跑

我傻傻地站在树下
寻找一本厚厚的书籍
没有精彩故事的开局
没有下雨的回忆

最好的诗
是写给青春的句子
我只为你朗读过——
在下雨的时候

随
笔

一口气喝下的水

像瀑布挂在

高高的墙上

迟到的是一盏明灯

和一块

来不及写完的画板

你的新闻

都像新鲜的鱼苗

舍不得

放入浩瀚的河流

如果音乐会再现

心灵的独白

我喝过最美丽的甘泉

就是你那天

告诉我：

没有忘记，曾经一起

望着星空灿烂

无言丽江

舍不得
那杯刚沏好的茶
带着雪山融化的体香

舍不得
这单纯的阳光
夏季是
一个迷恋下雨的季节

我就这样等着你
忘了
时间已经空杯

我就这样回忆曾经
忘了
我还想去哪里

没
有
故
事
的
旅
行

卸不下重重的行囊

就已出发

寻找是一种思念的延续

痛着的味道

和一杯陈年的茶一样混浊

没有故事的旅行

只有飞鸟喜欢

在一座山川面前许愿

期待所有的鲜花

可以

开满荒芜的村庄

花
鸟
虫
鱼

雾霾把天空
归还给大地与草原
北京的大街
消失在天安门前

层层叠叠的人与海
像放好的羊
没有温暖的槐树和森林
只有，手拉着手

谁把岁月
锁在了门外
山川河流与深秋的孤单

岩石布满的沙滩
像喝下苦涩的咖啡
寥寥无几的星辰
都写满了名字

问吧，孩子的问题
像刀刺一般尖锐
终归会伤害冬眠的土壤和——
没有长大的花鸟鱼虫

***

手记：

我们似花鸟鱼虫，出没在森林与市井，像流浪的羊群。

只有手牵着手感受严冬到来的苦涩。你的名字，终究
会出现在春天的名单上。

你最好不要来

你最好不要来
这样我可以
一直等下去

阳光透过花丛
树的影子躲躲闪闪
我想过你
谜一样的眼睛

你不要想未来
我可以等着
睡过去

恋爱中的鱼
自由得像秋天的花
即便落了
清澈的河水依然
不分年龄

2018 年 10 月 18 日于丽江

果农

经历一个夏季
苹果才有秋天的颜色

承认这是上天的结晶
一块石头
终有一个名字

这些赶路回家的孩子
背着月光
继承家族肤色
与薄薄的衣裳

祖母的眼睛已经看不见
树上的花刚开过
采果实的人
又来了

下 篇
XIAPIAN 篇

那些年轻人

诗歌如雨季，总下个不停

Jason Xiao

献给我的家人与好朋友

诗歌，且留下

一晃 5 年过去了，很多事情都没有按期待的曲线发展。很多人在眼前一闪而过，有些记得很清楚，有些人已经模糊。最不能接受的是，我与家人的距离更远了，在两个不同的国度里生活，体会着孤独而单调。

可怕的是，我诗写得少了，因为不大胜酒力，灵感少之又少，断断续续的。我搜集各种渠道的信息，有一些零星的段落或者小作品。多么希望时间可以更宽裕些，日子可以更慢点，我能写出更多的好作品做成连续的好文集。

我不知道未来还有多少作品可以留下来，我想这两本册子编辑结束后，要好好停顿一段时间，在自然里听听虫鸟的声音，在闹市里感受烟火的芳香，或者陪父母走一段小时候走过的路；我一直热爱自己的工作，也想好好地思考未来的道路，中国的当前，总有些事情牵动着我们自己的神经。

　　但是，还是要多和朋友在一起。

　　朋友能带来新鲜空气，新的思维，新的故事。

　　所以，还是得有空间让朋友留下来，朋友不能因为一顿饭才归来，应该是习惯地、自然地在一起。交往的意义是真实，不是目的；我们要珍惜那些常常组局的好朋友，因为一场聚会，就是一段玫瑰盛开的时光，不是每个季节都有的。

　　来贵阳之后，很多朋友远道而来看望我，很感动。他们大多是第一次来这里，才发现贵州还是个很神奇的地方，尤其到了夏季，气候特别，感觉凉爽。过去交通不便，大多数人都没有来过这里，有时觉得遵义的名气都比贵阳大些。

　　但我喜欢这里很多的古寨子，这里特有的民族文化，我不觉得贵州的人缺乏什么，我感觉，身为汉族人，应该多了解这些"新鲜"的文明。幸福的定义有很多种，不是每个时段都是现代的文明，民族的文化要传承，首先是坚定的、独立的，要坚守与保护。

　　这里的苗族人特别醇厚，一有开心的事情就全村出动，穿起节日的盛装，载歌载舞，好不欢乐。看不见忧伤与生活的压力，眼睛纯净得如湖水，我喜欢而且羡慕这样的生活。

　　这个世界上，能记住你的除了家人，就是少数几个朋友了。

大多数人都不大了解诗歌，毕竟是非常小众的爱好。前一阵子，我们小镇举办了一个诗歌研讨会，我因此认识了很多贵州的诗人、文学大家，他们是博学的，对诗歌是充满感情的。大家纷纷发表感想与建议，诗歌既是我们个人真实情感的世界，也包含了很多社会的责任，诗歌不是陶醉自我，也鼓励年轻人，对时代发出声响。整个下午我认真地听完了所有人的发言，心情激动，感觉到了灯火的热度，诗歌作为明灯，再一次让我感觉到了力量。

有一天，朋友来看我，对我说："老肖呀，你来贵州后，人黑了，也瘦了，不洋气不国际了，这样的生活真的改变了你呀。"说真话，我从来没有觉得洋气是我的样子，我时刻记得我是来自农村的小孩，我从来不敢贸然回故乡，在我的内心里，我就是当初那个小伙子，瘦瘦的，期待着走遍全世界。

默默地，我总是对自己这样说，我的人生路还很长，要把喜欢的事情坚持下去。我要建造很多房子，每座房子里都装下我的灵魂：和新朋友在一起，与有故事的人在一起，在文字的殿堂里，身轻如燕。

后来，我又增加了最新的诗歌作品，如今读起来，还是有味道的，在不同的场合里，我的情绪是明显不同的。如果有人问我，诗里的爱情故事是写给谁的，我只能说，每一段文字，都代表一种不同的心情。

也许贴近你，也许代表我。

我打算把这次的诗集做成上下两篇。

诗歌写作的时间都是零散的，也没有特别想强调的逻辑，上册里有很多小散文在下册里也基本没有了，就是干净的诗歌，有些诗歌也赠送给了别人，我征求了别人的意见，都收录了进来。

因为懒，我在诗歌出版这件事情上纠结了很长时间，最后算是想明白了，就像自己生了孩子，你得养育他，教育他，直到他成年。我想还是认真负责吧，毕竟多少日日夜夜，风雨兼程的时候，我还在书写着不同的心情。

人生毕竟遗憾很多，尤其对自己的家人。但是在诗歌上，尽量吧，少点遗憾。

感谢我的朋友们。

2021 年 10 月 10 日

第三章：流浪的诗集

2019 年末，我计划出这本集子的时候，出现了席卷世界的疫情，各种不确定，各种需要面对的问题，很多事情就一拖再拖。写文字就不连续了，也没有明确的主题，想到哪里写到哪里。

这也是我任性的风格，反正就当是记录吧。再后来就发展到用手机写东西了，也不用待在电脑边，就这样又过了两年。

从北京到上海到杭州到海南到贵州，一路写，一路歌。陪着我流浪的就是这些文字，我的故事与情绪，其实都在里头。

多么希望世界早日正常，回归自由美好的样子。

凤归巢

风吹走你的消息
在柳叶的对岸

我独守这块稻田：
春天樱树花开，秋天果实金黄
只是冬季来了
土地一片荒凉

我很少回望自己
怕惊醒后的眼泪
我很少回忆过去的信
你的世界应该不会有我的文笔

我想过，你一定是我窗前的月光
不一样的心情

照亮了不同的森林

我确信，你是一只飞鸟
常常落在家的门口
故乡的天空
如梦初醒，如童年般任性

我渴望你拥有天空的羽毛
自由的画笔
我渴望你拥有无边的魔法
消去黑暗的阴影

我眺望门口的鸟巢
是你的归期
是我的消息，找回自己的灵魂

我的天空

我的天空
聊若宁静的湖
山鹰飞过
森林的星空落去

无数夜晚的语句，记了又忘
而你，那盏北斗星辰

我的世界
荒了的无数的湿地
野鸟见到了渔民
我却丢失天明

不论春来的雨，还是秋去的叶
我只想早起——

在美丽的城市
爱上你

我
的
日
记

不舍得合上日记
我怕失去
片片想你的心情

不打算告诉你，我的过去
很多课题无法写出答案
在麦田金黄的桂花树下
我的心，是种了又种的禾苗

也许，晚霞了解我的眼睛
昨夜秋风起
巷道上都是你与天空的背影

也许，你的河流已经清澈见底
我的水船，只有落叶的声音
这乍起的寒意
是我禁不住说出的唇语
这碎了的石器
是我回不去的青春

对望青山

对望青山
你的背影留给了谁
云谷搭起的环抱
终究解脱不了自己

你在那里写下笔记
无限的声音如此清晰
如燕掠起清晨，如梦初醒

群山只是树阵，回响引来夕阳
你摇起满屋的酒香
释放宁静的妖娆
岁月如流
你养在天空的星光
如我燃起的希望

你的背影

我保留了与你的所有通话：
蓝天下树的影子和
雨夜里花开的声音

我错过了许久的旅途……
直到遇见你
马背上传来的消息
以后，我的院子有了温暖与故事

忘不了是你的背影
它背负着山与我
可以依靠
可以让所有忧伤悄悄入眠

如
题

晚风急着去
赶一场约会
那里有梦里的海和
乳白色的雪山

已经无法阻止
向往自由的脚步
站在屋前
所有的梦会被破解
来自草原的朋友
可爱至极

早已不是童话
就该学会飞翔
森林的早晨
忙得像月亮

零下5度

白雪抹去天空的蓝
漫长的旅程里
剩下音乐和我

你的背影终消失在前方
仿佛来过我的世界
又好像陌生的火光映面
只有记忆提醒
我们曾经度过一个温暖的冬季

习惯了这寒冷
习惯了你离开的种种理由
我舍下你的温度
拿出笔记，记下今天的天气：
零下五度

我坚定地去见你

天气这么冷
为什么我热泪盈眶
路这么滑
为什么我坚定地去见你

你锁住了我的世界
把所有的风景换成你的样子
你停留在青春的年纪
我们只是一群任性的孩子

时间的列车晚点了
你的等候也许就错过
年少的梦里，你的名字写得坚强
可大雪覆盖的森林
再也不见归途

Angela：时光宝宝

你的鱼去了远方
你的玩具还在中国的路上

你的照片还留在去年
你的礼物一直没有收到
我知道
你在等一个邮箱

你的故事都是成长
你的世界马上很大很广
只是你的爸爸
不断找着你的方向
旧了的翅膀又落了不少羽毛

我们只是相逢
却在用一生告别
用你的故事讲述我们
那些不在一起的时光

过
错

　　选一季春天的夜晚
　　路过你的窗前
　　你的眼睛与钢琴
　　是季节的细雨

　　选一款适合的衣裳
　　陪你走过开花的坡林
　　迷人的微笑与哭过的眼睛
　　醒过酒的早晨
　　只有我看见你的笔记

　　我所有的故事都有雨
　　你的背影都是长裙
　　忧郁的是满山的月
　　与离去的话别

　　我所有的错，只因路过你的窗前
　　爱情的夜，迟到的是雨

过去的都远去

过去的都远去
未来的，终归还是要到来

守候城市的门户
我向您敬礼
在山海交汇的地方
响彻云霄的是你的名字

你说过回来
像普通的孩子
你说过，你不担心枪林弹雨
你渴望的是
像百年的树，立得那么直

我爱你
只因你保护了我
我爱你
只因我渴望成为你
那激动的雷

无题小镇

忘记了那场很大的雨

很激烈的雷

忘记你的眼神

在停留过的湖边

忘记了玫瑰的礼物

甚至，昨夜的梦都失去了

开怀大笑的草原马

河里游泳的鱼

或者，你在小镇的咖啡馆

忧伤的日子特别长

写了又写的文字终归没有文采

我在某个角落，数着星辰

静静地守着明天与月

只是天空无比任性

送来的温度，乍寒又暖

像极了青春与月

帮
我
，
照
顾
好
你

帮我，照顾好你
在早晨醒来的床前
洒上阳光

帮我，照顾好明天
那些自然的春天，都会
牵挂万花落下的秋叶

帮我，记住我的名字
那些只有你得到的秘密
新鲜的甘露与诗

只是我不想
那些明媚的时光和
失去的天空
层层鱼起的湖，都在今天——

一个即将开始的明天

如果再见你

绿色的稻田，水与美妙的旋律
如果再见你
是否弯下腰，呈现黄色的衣裳

如果再见你
是否天不再下雨，落下的荷花
正是你过来的身影

如果，天空染上风霜
酒酿出蜜芽
写在音乐里的少年，正在长大

如果再也不能见你
会是什么样子的森林
你爱过的一切，成为我的忧伤，挂满了枝头

如果，再次见到你
不要忘了看我一眼，那双眼早已燃尽篝火
青春最好的年华
写下了文字，割舍了别离

盼望的背影

现在我最喜欢的
不是你的长发
那些绿色的凌霄已开出了橙花

现在我的吉他已老去
白色的衬衣旧了又洗
我喜欢你的样子依旧，只是夜快破晓

你是一支天使射来的箭
早已穿过岩石
流浪的风，把我冻醒

只有你了解那些自由的人
醉了后的生活，哭了会笑
只是你清楚我
每次到了桥头，盼望着背影

你骑着骏马

你骑着骏马，如一道闪电
消失在夜色天幕

我等着月来临
看湖面升起彩虹
船夫收了桨
不紧不慢像过得很舒畅

我忆起昨夜的雨
在梦里下得急
吞噬我的身体与灵魂
我抱着你
抱着孤单的自己

我忆起你走的样子
白色的上衣
像风吹过湖面的优雅
泛起涟漪

别离的笙箫

突然之间，我的耳边
响起音乐
那首别离的笙箫

突然之间，月光褪去
你的风衣
被街道染成孤岛

我想这就是一种习惯
牵手的人不在
匆匆的除了车，还有谁

我想这就是命运
醉人的是酒
是，错失后的面庞

心
归
了
你

老屋拆了又建

故事断了又续

停停走走的春雨

止不住，凉了又心惊

小镇的鱼聚在一起

这是一个大家庭

孩子还没出生

勤劳的母亲，戴着眼镜

我的心飞向你

温柔的雨林

我的世界本来小

因为你

多出了一片湖，无数的飞鸟与人

墙角的海棠，还没来得及取名

它就遇到了梅

风飘过云，花落了水

凤归了巢

我归了你

回
忆
的
春
天

不是每个春天
都有回忆
不是每段故事
都会走出迷局

大树的背影
终归于森林

我会在这季节里写下信
写下落雨的句子
如果山径开满了野花
我们的阳台一定住下了春色

就像你曾经告诉我
未来就在这里

不是每座城市都
住着天使
我迷失在上海的夜里
这花香
正是你的眼睛

春天呀，是你
引着路，引着河流经过原野
引着我的爱情避开急流

春天呀，是你
牵着我的手，亲吻我的肌肤
亲吻阳光一样
滚烫的灵魂

我在等一场雨

我在等一场雨
上海的午后
阳光混着咖啡
在高高的站台
你的车，停在我的世界

我在等一次相遇
你停在绿色的岸边
西湖无数的背影，你最像梦里的那个
船舶上我留着位
写着你的名字

我在等全世界都停下
你的车，我的船
会再次相遇
无数映过的夕阳，你像青春的梦想

我在等你的回话
等春天的雨落下，等夏日的阳光与莲花
等我无法知道的秋叶
还是在等，咖啡馆里
燃起的火焰

无
题

像河流的花朵
没有目的地
没有故事，没有牵挂的人

像演奏的乐曲
在黑暗的天空里散步
只有酒，是唯一的情侣

像你的声音
挂在窗前的风铃
我靠着一盏明亮的灯
拍下了
雪花一样的相片

叶
落
得
让
我
心
痛

叶落得让我心痛
只因思念的种子，从此以后
离开了天堂

我生火煮起饭
像雾一样的颜色
温柔而又寒冷
是啊，所有的爱，温度是最好的伙伴

但愿明天还有时间
看看这里的一切
看伤过的手、笑过的脸
拥抱之后的冬天

但愿，你远行的世界里没有山
绿色的田野
和诗一样淡淡的忧伤

没有醒来的春天

无法忘了，诗与酒的快乐
在明亮的早晨
你像山坡上的月季花
红的、粉的，还有淡淡的云朵

无法忘记，挥手的告别
没有醒来的春天
唯有雨来得那么突然
曾经、过往，我们淡淡的亲吻

我写下很多文字
都苍白和无力
就像一首又一首的旋律，一碗又一碗的茶语
苦涩的花香，我会哭出声

我让雨在屋檐住下
让爱像自由的烟花
消失了，不只是你的声音

我在窗前挂满早晨的雨

我在窗前挂满
早晨的雨

像心情落入大海
似沙漠遇见贵宾
这是场不期的约会
你姗姗来迟
而荷花遇水盛开

不期望院子里落满玫瑰
我只望着山
等你醒来的门铃

不期望梦里常常见到你
我想着未来

会不会永远下着雨

不知道雨会下多大
就像不知道路会有多远

有人在等一把伞
有人在行一段旅途
只有树
享受着失眠的幸福

别听江南的音乐
你应该庆祝
无数的生命因为今天——
又开始

蒙娜丽莎

写尽世间所有的风景
不及你回望的眼睛

见过秋风与落叶的蹉跎
只有你可以唤醒万物

我等不及的季节
花开、叶落与流浪的船
我想见的人啊
——风吹过蒙娜丽莎

怀抱

雨裹着厚厚的衣服
善良的人
都打开了伞

井水的颜色变蓝
种下的树
把叶落满了岸

我亲爱的人——
你在自由的海洋徜徉
请你把岩石遗忘
因为那里刻着我的愿望
请你闭上眼睛
想象——
没有了蓝色，我的天空落入何方

满天星

又一次，花漫了水
水漫过满天的星

又一次，我想起夜
夜晚里无处安放的你

又一次，我走散了心
走散了你
散了满脑的姹紫嫣红

你温的热茶

你温的热茶
被雨淋湿
成年的芭蕉，像断线的秀发

这是春天的上海
一座花开的河流
你在写着信
我在织着梦想

没有营养的土壤，结不出丰盈的身体
碎了的花瓣，是玫瑰的心
暗恋的天空
余有滋润的羽毛
它刺伤了心，染黄了旧茶

星空的屋檐

月落入了深潭
蓝色的是水，灰色的是天空的背景
无法深眠的眼球
等着，森林的春晓

黑夜是你的领土
种树、开花、喝一杯普洱茶
星空，是你的屋檐
有春风与细雨的陪伴
滚烫的种子，清淡的阳春面

屋檐下的海洋，流动着
分离的拥抱，重逢的阳光
孩子的脚步，结出四季的果实

只有深秋的落叶
悄然无息，多情而伤感

我深陷城市的繁华
远离了你与海洋
当你的炊烟升起，我像池塘里的鱼

如果时光还有期待
我多想与你相遇
升起烟火，共进晚餐

如果你还在徘徊
那我邀清风、明月、未入眠的桂花
此时，我们多像屋檐下的燕
守着森林渴望着海洋
对望着，又常常分离

其实，我们只是屋檐下的雨
在你的怀里热了，在星空下流逝
而我的诗歌，在深夜里
沉入河底

念念不忘

时光，好似一首歌
在下雨的地方
仰望星空
这是谁的故乡，谁又念念不忘

一切都是命里的安排
忘记前世你我的故事
温暖的沙滩与
写满鲜花的海洋

时光，又好似一首诗
这举着火把的星空
正是一张过去的网

还有谁，和我一样
错过迟到的列车

爱情的季节

站在雨中
听这世界的声音
只是风和树
那么和蔼

我折出纸做的飞鹤
放飞成行的鹭
只不过，秋来了
丰满的羽毛变成火

燃烧一地——
关于夏天的爱情

慢生活

所有人都渴望一场大雨
淋湿厚厚的衣裳

所有的希望被流成河
在巨石上聚集

没有故事的夜晚
孩子多么孤单

没有星空的陪伴
海归了地平线

我多么渴望，在温暖的角落
阳光像音乐一样
向我伸出手

枯了的树

空气装满了硝烟
电影里演着古装喜剧
老了的明星复出了

我没有钱买下酒店
没有权力定夺江山
在杂草丛生的院里
野狗刚刚产下孩子

地球不那么和谐
肤色带来的问题不少
在根本的信仰问题前面
我穷得很

我敢保证
如果人都可以选择
战火纷飞，黎明一定是
死气沉沉

苦旅

如何深入
这人生苦旅
骑着深色的马

如何让落下的瀑布
染上颜色
我在树底下深深思考

天空被阳光洗得彻底
树林摇摇晃晃
如何不被蔚蓝的云朵带动

我努力地回忆——
月光留下的背影

结

果

云层只有遇见冰
才会落下雨

爱情的路上只有
遇见你
开放的花朵才会
结下果

我不敢轻易告诉你结果
导演没有来
我们只好按照约定
构想着，不会乱来

寂寞者牵着寂寞

飞机再一次延误了
连着下过的雨
无聊的是手机
寂寞者牵着寂寞

看过高深的爱情戏
主角总是无情地离去
在挂满霓虹的路上
酒把人弄得清醒

我无法控制自己去看你
在一场真实的梦里面
你的飞机
刚好掠过我的背影

信号塔

凌晨收到短信
我没有回

这个时候多少人相拥而睡
而我，只有装着沉默
保守孤单者的秘密

丁香凋谢了
后来的花无法赶来
打开微风的信号塔
你送给我一个
满满的拥抱

写不出旋律
空气与水打扰
只想待着静静地呼吸

我
后
悔

我后悔
没有带上相机与笔
自己的口袋
只有一块橡皮

我后悔
没有穿上写满中文的衣服
在胸口的位置
有一只大大的眼睛

我后悔
见过开过花的山路
没有名字的人
终归是陌生

我后悔
把你送去了很远的地方
而我的心情
还丢在，告别古老的站台

我要去远方

燃尽最后的汽油
发烧的音乐
停在十字路口

我要去远方
只是一个愿望
拜访藏在山洞里的神
看它的眼睛

我要去看你
坐在简易的椅子上
听风在秋千里荡

我要把你捧在手心
听泉水流过山谷
让演奏钢琴的声音
都像碎了的心情

白色连衣裙

窗外的雨
爬在列车的窗上

我仿佛听到一首歌
是你在演奏写好的作品
试穿我送去的白色连衣裙

窗外的世界
分外安静
窗内的灯光却是如此昏迷
无法理解这些分别
哪个才是我爱的人

无
题

等了很久，却依然等不到睡意
想了所有
我们像缘分搭错了路

我在深夜里摘下月
在原野上书写着原野
禁不住
把落下的花酿成酒

经不起年份拷问的故事
我在酷刑架上
现出了原形

杨
梅
树

拂去黑夜的尘埃
我为生命添上一些茶

炭火终于燃尽最后的光
我喜欢的月亮，也挂在了书房

告诉花与梦境
树林里的故事结了果
一颗白色的杨梅
非常甜

我失手了

我失手了：
在院子的门口打碎了一瓶酒

美丽的酒来自法国
或者另一个神奇的地方

我惊讶这酒香
混着新买的花草与白色的衣裳
得体，又大方

我没有计划，这样的安排
谁会想到雨后还有彩虹

你回来的时候
轻一点
不要惊了这满院的花香

雨像碎了的诗

火车比汽车快
因为火有刚烈的脾气

夜会温柔些
你听，雨声多像碎了的诗

我在院子的角落里
拉开一瓶酒
这来自波尔多的音乐
似妇人的肌肤

我等时间老了
慢吞吞地走在乡间道路上

一辆自行车
半首没有写完的歌

分不出胜负

孩子好像长胖了
她不太搭理我

用一支新铅笔
使劲地画：
半夜出来鬼混的熊
刚刚长出来的草
还有生日没有吃完的蛋糕……

年龄小的好处是可以哭
哭代表了友情、胜利与笑

我懂了，宝贝
你不会莫名其妙地哭
却总是笑着
赢了我

你不喜欢诗

我知道你不喜欢诗
但我能拿稳的，只有这木头一样的笔

我没有力气去争下云朵
对爱的人
只会写下简单的话
在干净的纸上，用深色的墨水

我坐在这新筑的院里
种上新买的花
有一支，你赞过它很美

才子佳人

江南有许多才子
尤其在梅雨天气

把白色的草纸放得整齐
就差一位美人

早已不写歌赋
论才气，我推荐马云
论脾气，我喜欢我自己

写半句诗，烙半块饼
平日的时光，很多余

无
题

善良的会继续善良
在恶劣的天气
会死去很多人

我怕在睡梦里离去
见不到你
见不到善良的眼睛

第四章：那个年轻人

　　这些诗歌都是在最近写的，风格上与以往有些不同。少了很多美好与期待，更多的是对社会的解读与内心的独白。这应该也是诗歌的一部分。

　　作为人，我们需要同理心、爱心与不卑贱的灵魂。短短的句子里，我们需要思考：未来、朋友、社会、经济、法理，这些都是身边的影子。我们做不到脱离现实阅读诗歌，做不到一个人构建城堡，唯有融入时代与社会，和志同道合的人在一起朗读、保持清醒，才是年轻人的诗集。

我在孤单地下着雨

无意冒犯你的故事
我只是路过你的书房
窥见
春天下雨的妖娆

你把书本都写在画里
烛光晚餐的夜里
只是我一个人

好在，世界各地
成千上万的雨，赶过来

不
要
简
单

把谷子酿成酒
需要一名师傅与刀
在黑暗中煮熟豆角
砍伐布满荆棘的丛林

把手掌的纹路紧紧握住
抗议者走在一起
都文着化身

只有酒不可少
把烧红的剌刀
插入了土壤

脸
盲

打来的电话总是陌生
你知道我有脸盲症
那段开枪过后的故事
总是断了的滋味

只有那些不经历烟火的天使
在天际的线路上布下
天罗地网
让你飞得再高，也看不见远方

大地

满地狼藉的教堂

写满很多文章

圣经的页码是很多典故

我不大识字

只记得你的名字

向别人鞠个躬

听晚霞壮美的歌

没有比这更好的结局

你属于出生的土地

我属于

过去的日记

低调与沉默

旅行家有篇文章
写满惊奇

童话的街道上
天才总醒着

我比任何人都担心
读书人
弄不出声

余
孽

灵魂需要一个
坚强的躯体
这比任何承诺都有用

微笑害怕刀剑的声响
把伤口举过头顶
砸碎一切的口号
却埋在了战场

我把自己的朋友
当作了亲人
躲过乱石山岗的惊悚
更怕
没有磨灭的火光

样子

高墙，总藏不住影子
发明电流的英雄
也会被电死

收起那些话筒
减掉身上的赘肉
那些黑色下的笑话
又害死一批人

愿望的花朵

没有动物
不喜欢安静的森林
在阳光与影子的图画
写满温暖的家庭

没有故事
是在安排下开始
在多情的季节
我在那棵树下等到花开
与你

没有关系，所有的传奇总有
奇迹的发生
而我的愿望简单：
期待花再开

樱花场

不想打开过去
那些日记与影片的结局
没有灵魂的爱情
只是樱花的七天七夜

哭过的影子
输给现实的紫外线
有时候
夜里所有情绪
都无法坚持到底

温柔
如你明媚的额头
夜幕降临的每个角落
都像插满星光的
十字路口

木头人

满天的飞鹰

停留在云朵

猎人高举着长枪

等待着命令

天空正在建一座城堡

士兵把守着门

进出的都是贵人

他们手上拿着通行证

只有像我这样的人　天真

把刚生下的孩子

又送了去

***

　　如何解释"信仰"，有很多很多方式。有些信仰，消化了人的兽性，有些信仰，把人变成了鬼。

　　如果一个民族信了因果，人们起码会慈悲；如果一个民族信仰了爱，那里的生活可能有些平等与温暖；唯有信仰物质的时代是可怜的，在物欲横流的海洋里，淹死了多少好汉。

　　我害怕高考，三天两夜就决定了人的一生，多么可怕。无数的梦想与张扬的翅膀，都消失了，连人性都缺乏教育，是轮回的主因。

白手套

地底下的岩石
被人类哄抢

一颗白色的石头
可以换座房子

房子坐落在山脚
进出的人
手套干干净净

2030年

遗忘是使命
即使我们
投了敌

回忆是本账
收入少得可怜，支出却满满当当

当我年老时
身体骨瘦如柴
眼睛看不见
没有任何东西

欠你一点东西

我在梦里
总是遇见你

坐在我的门前
喂养月季花

那时候的天气
总是下雨
我的伞就藏在心里

也许
我欠你，一点点东西

凋零的夜光

灯光无法掩盖真相
屋檐在角落
数落我

宝剑闪着光
在月光下舞蹈
可惜
花落的声响
打扰了水里漂亮的鱼

陌生人很多

晴朗的天空
下起雨
颜色似铜墙铁壁
我静静等待
雨滴结盟

欢歌笑语后
又是机械在舞蹈
我的喉咙录了音

上了锁的
是家家的灯

一条短信

我在院子里想
开满鲜花的季节
点上火把
写一纸长信

我不大会表达
只因爱得很卑微
你的回信惊醒我
和一院的涟漪

白色的邮箱

很久没了回音
我想应是断了情
连着风筝的线没有颜色
可怜得像风铃

苦了等待的邮箱
被主人打开的失望
掏空了
一块块的时光

被人打开的日记

燃了半支烟
看它烧得很痛苦

在快乐的时光里
灯活得很累
关掉的是自己
打开了却是——
别人的日记

平
常

你肯定讨厌我
装得很平常

就算下了雨
你也不会说

我把昨天写的信
丢了一地

那不是我的话
是一个青年的心

晚
归
的
爱
情

哭干了河流
蚂蚁开始上了树
干涸的季节
植物需要水

泥土早已关上了门
优雅的是影子
你回来的脚步一响
灯火通明的
是阵阵的花香

枷
锁

来了又去，想了很多
这亮光白得似雪
在风里轻轻摇

走了很久，又想起了谁
这苦难的人生
被刀划伤的手没有花纹

喝下丽江的酒
去朝拜大海
无人知晓的下落
就有我死去的灵魂

丢弃梦里的所有
回来又去
我被你深深套上了枷锁

我将远走他乡

我将远走他乡
去寻一段路
昏暗的灯光与声响

我将打破古董的瓶
写上字
写下爱过的名字

一把黄昏的烈火
拯救不了我
我在黄色的大地上
学着动物叫

燃烧的梦想

我把一堆的梦想
摊在沙滩上煮
腾起的硝烟笑得狰狞

可能话里没有了谎言
你张开口
对着我微微一笑

收下别人的网
收下一堆破铜烂铁
把酒菜端出来

世界，统统归了大海

我怕思念染上病

我怕思念染上病

无药可救

挂着雨的灯熄灭了

只有声音，停不下嘴

我怕天空染上云

装着一无所有的年纪

只有恋爱时

才真正像个人

我怕自己爱上你

你行走的每一个脚印

把我踩得——

隐隐作痛

英雄

我很想哭出来
无奈忘不了你
刚买的信纸
白得像走失的灵魂

我想哭喊你的名字
在我的梦里
你的身影
消瘦得像当红的明星

这么难过的夜晚
谁都没了脾气
一声声地哭出来
却又无法拔出剑，像英雄

一条鱼

沿途的海鸟都有名字
它们世代在一起

唯有愚蠢的鱼
装得很聪明

在一座美丽的城市
落在猎人的手里

一瞥

无人收拾的院落
像一位老人

蹒跚的脚步爬满了墙——
枯了又绿的生命
还很顽强

不想打扰这狭小的空间
它们都是一个道理

在无人看管的环境
阳光，常常光顾这里

锋利的是水

我遇见一位女性
美得让人心碎
在一个偶然的梦里
她成为我的爱人

我害怕在这长长的夜里
失去这片光阴
我努力地握着她的手——
烫得像块冰

金秋下过雨

我爱肥沃的土壤
可以种下无数的种子
在一个无人问津的地方
选择和你做邻居

我爱奇怪的树
挂着实现不了的梦想
无人问起她
也不想再去触碰它

我爱在金秋下的雨
碎了的心，落了一地

手机写信

写了很多信
直到手机没了声音
思念这样的老东西
往往长满年龄

好想去看新发明
电光穿过了云
好想坐着时光的列车
返回初生的星球

这里没有海、没有树、没有纠缠
巨大的城堡
堆满，青春的笔记

赞美

赞美你的时候

风会吹响树的哨子

有的时候

阳光会走下天空，照亮你

赞美你的时候

你已经睡去，花在夜里静静地开

你清晨醒来

品尝这抹纯洁天真的芬芳

大河终有归去的愿望

海在等着命运的到来

森林是虫子的天堂

只有下雨的时候

所有的物种才会沉默

而土壤长出新芽

深深祝福你

渔夫的感情

把季节画在纸上
犹如把生命献给一条河流
流动的春天急忙过去
船夫慵懒地放下缰绳

河水混合着感情
似乎忘了传承
清澈从来不缺少友人
梦总是绽放惊喜

船夫卸下古铜
红烧了鱼群
悠悠地想着姑娘——
到下一个渡口

国王的影子

呼唤将死的灵魂
在河流的尽头敬礼
背负传说的理想
却留下瘦弱的背影

为何道路总没有想得宽广
大河的干涸遇见大王
没人陪伴的痛苦
来得又早又匆忙

本来没有的东西却总在回响
野蛮的强大
堵着来去的船长
桥梁宏伟，只是夕阳的光

承认诗歌的力量
它可荒废一座城堡
住在那里的，都是国王

零食

爸爸没有来信
没有寄来我爱吃的零食
甚至，只有在夜晚
才能在手机里听到他
与妈妈讲电话

我们为什么隔那么远
为什么爸爸不和我讲笑话
每次飞机从天上飞过
我就想去机场
接回我的爸爸

今天，我的好朋友安吉
没有来上学
我就特别想爸爸

***

孩子的语言，永远是首诗。

可爱的孩子是有标准的，例如她会蛮不讲理，她会关心人。Angela 生活在一个单纯的环境里，没有太多的朋友，也没有太多需要学习的人物，在一个"外语"的世界里，努力成为一个可爱的孩子。

有时候我送她去上学，每次都开心，永远要第一个到学校，她总把那几个"朋友"挂在嘴边，我觉得孩子特别真诚，说话的时候还特别认真，每天要画"I Love Book"，唯独不说学习。

"最小的孩子，是最棒的孩子，不然就不会把她生下来。"Angela 的话，还是有点道理的。

书房的春天

花枝招展的午后
阳光透过树
传递春天的喜讯
河流，成了饮马的山坡

雨水来临的时候
风很优雅
叫醒熟睡的孩子
她却已离去

这是一个扰人的季节
鸟儿叫着
彼此的名字
爱情却在桌前
若隐若现

错过了，就错过了吧

怀念金色小屋
门前长满蔷薇的碎花

暖暖的阳光赶走青鸟
音乐与咖啡紧紧地拥抱

怀念你的眼睛
永远都是心灵的光

错过了
就错过了吧
我心爱的长裙姑娘

新
年
的
承
诺

新的一年
我想，在花园种满果树
看树叶发芽
长出孩子的笑脸

新的一年
我想，在星空里种下田野
看梦里的河流
流过你的门前

我想
向天空许愿
希望天下所有
远行人的回家

我还想
新的一年
对你的爱，可以多一点

早
餐

盼望太阳爬上山坡
吹散雾霾笼罩的城市
和不愿醒来的人群

汽车被寒冷的冬日催眠
孤单的灯光熄灭
公交站台空空如也

街道的拐角处
早餐铺开着
那些熟悉的脸常在
依然面无表情

只有那胖胖的老板娘
一直笑呵呵：
兄弟，来了？

第五章：寒流

南方的人，最怕北方的冷；北方的人，受不了南方的寒。

有些冷，是身体上的，但有些冷，是心灵上的。我们期望世界永远充满温暖的色调，恰恰相反，寒冷才是世界的主角，冰川千年不化。

每到冬季来临的时候，我都期待有雪，可以想象和孩子在院子里玩耍，可以围住一个火盆，烤一天一夜的炭。只有这点零星的火光，可以聚焦大大的世界，原来，我们走远的心，又回来了。

只是到了冬天，你要穿上厚厚的衣裳，戴上时尚的帽子，在雪地里做出欢乐的动作自拍！自己学会给予自己欢乐，在这个寒冷的季节里，不要成为慵懒的动物，如果你的内心没有了思念，就来写首诗歌：

告诉世界，我不爱你！

寒流

驱车路过你的家门
雨漫过了桥
去年种的桂花，已开过
坐在门前
像委屈的孩子，想念被没收的玩具

我爱这温度
烤着冬日的炭火
依偎在爱人怀里
写一段祈祷的词句

爱情就这样走过
一个寒冷的冬季

Blue Fire

粮食堆在仓库里呻吟
寒冷的冬日拒绝冬眠
我在想
如何逃离去找你

我把火把烧得通红
让流浪的星球找到母爱的慈祥
我击碎陈年的冰
浑浊的酒
让世界的花全部盛开

这是你的魅力
汇聚力量的古铜与温柔的剑
给我钥匙——
释放蓝色的光：
一道燃烧天空的光

无
言

撕碎一把火光
驱赶燃烧的躯体

我想海的拍打
击退你向我射来的箭

华丽的雨衣，挡不住冰
封住这坛黄色的烈酒
说到底
一座城堡的故事

关乎圣洁真诚

夏是一个隐着的姑娘

别把湖当了知己
想着心爱的远方
燃尽一盏明灯与茶
我相信
你在等一个人的绽放

雨没有了温度
漫过如诗的山丘
河的尽头
一碗浅红色的花朵
我相信
夏是一个隐着的姑娘

无
言

就如此安静地睡去
依靠着
另一朵玫瑰

就这样平淡地念着
一个人
我垂下了肩，收起了伞

花一样的伞

伞不是雨的朋友
它把心举得高高的

伞是命运的花朵
风一大
让人露出丑陋的真相

不去打听陌生的姑娘
不与熟悉的人来往
炎热的城市
总有脚步不断发出声响

打起精神来吧，亲爱的
我是一把伞

拒
绝
爱

天空总把世界修成圆球
没有了刀与剑
在湿润的土地上架起火
烤一头羊

大地向我们发出通告
让陌生的人相爱
那种衣服与肌肤的碰撞
发出了雷响

我来向某种力量告别
但不是握手
流过鲜血的地方
就是一种信仰

天亮了

把乱岗中的树砍掉
开辟一座练武场
你举起剑，我握着刀

平静的湖水养育不出爱情
船划过水
迎来新的客人

把玫瑰花开的时光烧掉
让勤劳的人下海
你别骂我，穷得叮当响

把黄色的牛变成快马
刀剑昏睡无光
活着的肉体，又多了一次天亮

躯体

诗歌教育不了谁
把花撒在墓碑上，即使是英雄
也会低下头

朗诵伟大的句子
欣赏日落的天空，雁已走
只有思念的鱼

我在这里等一道闪电
击中我的灵魂

我在无边际的历史书卷里
寻找着光，燃烧自己

有一个美丽的地方

有一个美丽的地方
只是爱情与花草
任由海浪拍打着岸
动物总是不慌不紧张

有一座古老的教堂
只有赞美与祝福
任凭时光的钟声敲响
该朗读的话，刚刚好

这个美丽的地方
是你生活的地方
阳光灿烂的早上，你的背影
让我难忘

Angela 的秘密

妈妈那么美
只有我可以超过她

我特别聪明
因为妈妈总是不给我想办法
我特别想长大
可是那样，妈妈就会变老了

所以我好害怕
我把秘密画成画
妈妈不会老，我却一样长大

一
条
狗

其实很无奈
想让酒精去买单

警察忙得很
懒得理会一条狗

我只是觉得
世界这么大
狗也想走一走

向
你
屈
服

火车上挤满了人
压坏了回家的铁轨

属于我的爱情不听解释
它去了远方
那是一个不回头的理由

我在脚底刻着名字
英雄的名字
我的手心握着力量，解开铁链的声响

既然改变不了自己，我就陪你
走过这铁一般的森林

野兽之光

火箭发射出光芒
它是马斯克的心脏

我的理想与他不同，我只是希望
能够产生一点光
温暖到土壤里的生长

这不算奇迹和力量
人，不同于野兽
就在于，我们没有野兽的心脏

模糊

回答不了你的问题
怪我的眼里全部都是你
每一个黄昏与天明

海洋的四季都是鱼
它们的岸就是自己
即使你的到来，也是在春季

写不长的书信
怪你没有留下太多的情
在桥一样的相遇里
我成了
数不清的你

人生苦旅

每段日子都该有一个名字
在长长的古道上
那些英雄与美丽的人
结伴而行

这是你的名字
代表了深深的敬意
驯服崭新的烈马
头也不回

这是最终的结局
故事的主人
终于拥抱了你

我的礼物是一首诗

今天是你生日
我的礼物，只有一首诗

写满整座南湖
桥一样的夕阳
是你消瘦的眼睛

今天是你的生日
我的礼物，只有一首诗

赞美的词语酿造半壶酒
喝醉的是
彩虹的背影和夕阳下的树

我写不出太多赞美的词
城市的时光
刻着你的名字
玫瑰与天空淹没你

我要写出一段文字
像青翠的小草、动听的音乐
像晴朗的星空、波光里的雨季

就像，那时的你

武松

梁山的岗上住满英雄
我独爱武松

没有爱情的躯体
就是万丈深渊下的树
不开花
却不停地生长

金鸡湖边住着鸳鸯
我独爱野鸟

没有自由，命运就像纪念碑
古往今来
无数的灵魂还在路上

秋季扰人

金秋是个扰人的季节
想起妈妈的话、她做的菜
早起捡的鸡蛋

想起爱情
和孩子新买的毛衣
只是，茶开始喝热饮
孤单开始浸入一个个夜里

秋天是种无奈的选择
可以看见水果澄黄
鸟儿筑巢
有的人，到处疯狂买房

只是父亲还是那么帅

像一个孩子

在田间走来走去

关心着祖国首都与世界未来

如果你想家，亲爱的朋友

打开书来朗读

有些句子读着就忘了

爱情失眠了

带上解不开的心思
我们饮几壶
醉了，就睡在这里

黑色的车子已经清洗
温暖得炉火纯青
美好的东西时隐时现

习惯了，就接受了
这一切都是最好的安排
背诵一万次佛经
抵不过，真心地爱一场

琴
声

最怕琴声
它会抖落人的心声
裸露微风吹过的肩膀

岁月无声
孩子的脚印没有章法
我们就要，快乐与流水的声音

手指滑过的不是音符
是那些红尘的落幕
飞鸟去尽，困意袭来

下雨，期待有你

用新采的石头，砌起一座院子

种满盛开的蔷薇

我知道

你也喜欢这样安静的地方

喂养一头牦牛

和它做朋友

朗读爱情的诗句

天晴的时候盼望下雨

下雨的时候

期待有你

白
开
水

写了很久很久的信
等不来半点回音
半夜的蛙声
在不远的稻田里响得干净

也许夜会唤来诸神
围在一起做场游戏
可以消磨半宿的光阴
想想也对
盼望节日的孩子
哪个会早睡

我写不出高深的语句
不敢讲出，未明了的道理
失去干杯的勇气
我的日子就是白色的水

野蔷薇

我收到神秘的树
来自古老灵秀的雪山
圣洁蔚蓝的天堂

我生怕，弄疼了它
把它种在最好的位置
施了肥，浇上水

野蔷薇
我期待着你自由浪漫的味道
请把院子当成田野
把星空化为银河
和我讲述没有悲伤的世界

野蔷薇
你不是远道而来的客人
在我的土壤里
有你喜欢的清晨

那些雨落淋过的窗前
是我们在梦里
刚刚别离

爱情不再陌生

也许我不认识你
但我想和你说说话
告诉你梦想和离去的云彩

也许我们早就相识
感情这么复杂
只知拥抱的味道，多么美妙

你留在我的字典里
找你只能凭记忆
有时候我也想去看望你
你却从来没有走来

你的爱是大海
却让我深深苦恼
我的春天只有树，只有河流

如果哪天我可以握着你的手
不要拒绝这滚烫的深情
容我向你告白
容我在你窗前，留下写得很长的信

玉龙雪山

我在这里
听雪融化的声音

渗出的泉水
苍白得可以照出影子
只有美丽的鳟鱼
才能懂得这道理

天空的云朵结成了冰
干枯的树枝重新发了芽
只有花海的玫瑰低下头
她吻了你

黑夜产下种子

黑夜产下种子
落满枯黄的大地
有一种神秘在涌动
是谁的眼睛
还是，风一样的铃声

小
心
思

我叫 Angela，来自中国

我有好多姐姐
个个都很厉害
有一个会画画，有一个会做菜
一个抢我玩具还和我抢妈妈
可惜没人欺负我
不然可以看看谁会保护我

我叫 Angela，来自中国

我喜欢红色的衣服、帽子，会做红色的蛋糕
我不会游泳，没有游泳衣
我的几只黄色小鸭

只待在浴缸里
妈妈从不下水，所以妈妈是
宝宝的好朋友

我叫 Angela，来自中国

我会讲中文，会讲一点英文
我的老师很可爱
但她不讲中文
我告诉她熊猫也是宝宝
只是，小马更可爱

我叫 Angela，来自中国

爸爸经常在中国
我在手机里经常看见他
胖胖的和我一样漂亮
不知道他常干什么
我这个宝宝他会爱得多一点吗

我叫 Angela，来自中国

其实我不想做一个乖宝宝
可是家里连个小动物也不养
最小的我
只有乖乖听指挥
她们说我的家务做得好
哎，没人懂得宝宝的小心思

我叫 Angela，来自中国

等我长大了，我要问爸爸
妈妈和我哪一个
最漂亮
中国和世界，哪个才是
宝宝的家

2０１9年7月5日

大地承受不了诅咒
在山脚下开了花

河流开始干涸
动物没命地逃跑

这是一场设计好的阴谋
有股神秘的力量
想重新占领山头

我们不用害怕什么
在这巨石横流的山谷
会长出新的树种

它在冬天开花，夏天就奔流

2019 年 7 月 5 日于洛杉矶地震时

这样的日子慢慢来

苦了一地的孩子
夏季就这样压过来
荷花开得如此煎熬
早早就落了水

忘记温暖的微风
鱼沉了底
飞鸟藏在屋檐下恋爱
我感到，人到中年的无奈

系上红色的线
在黑暗的土壤上浇水
不论温度如何上升
我依然期待
这样的日子慢慢来

鸽子的羽毛

回答不了你的问题
就像冬天不理解我的要求

在无限的早晨
我化身一道闪电
惊醒刚入睡的鱼

千万不要道别
不要错过人

屋檐上的鸽子已经飞走
留下一堆干净的羽毛

远
去
的
白
鹤
远
去
了

昏暗的山谷
昏暗了

干净的水，不要被天空
染上色彩

远远的你，不要被思念
变成风筝

我像一个老去的农夫
仰望着天空

远去的白鹤远去了
昏暗的山谷——
昏暗了

天刚刚亮

投奔红色的海
让血液烧得滚烫

拒绝一切的挽留
前行者挽起手

忘记曾经的爱
和取得的证书

选择了闪电，就不怕奔流
冲破了黑暗
你就留给我天明

深山的院墙

欢迎来这里
远离熟悉的门牌号

开一片金黄的土地
种上高大的树

不要指望雨会来得很及时
准备好桶
伸向深深的井

这不是享乐的聚会
只是，花开得很落寞

无声的庙宇靠着升天的树
藏不住秘密的是经书

紧锁了金秋，隔离了所有
我写出的文字
刚好装满这座院子

微风的黑松林

密密麻麻的黑松林
埋葬动物的尸体
无数松子落下
发了芽，加入这阵营

生命本应悄然无息
你进入这迷阵
把身体裹得严严实实

不想伤着自己
却让动物小心翼翼

演
员

我把故事的结局
做了反复推演
始终跳不出
我只是一个演员

黑夜的路需要明灯与爱
温暖的怀抱
与一个陌生的微笑

我只是想告别
那段躲藏的心情

等着雨季来临
收起黑夜奔跑的灵魂

这是一场设计的阴谋
动物正被驱逐出草原
一群骑马的人连夜归来

2018 年 10 月 23 日凌晨

黄金海岸

我的眼睛开始模糊
看不清前面的路
与你消瘦脸庞

镜面上的雾已经被清理
连同昨天生过的气
都有仔细的回忆

早晨的阳光又偷懒
在云层里昏睡
在我看来
这里需要一场彻底的雨

我的生活经历了整整
一个夏季
美丽的荷花、深色的月季、蔚蓝的黄金海岸
在我看来，依旧平常

有些人的海辽阔自由
有些人的海只是一口深井
我的世界，其实只有一个秘密：
难以忘记的是你

2018 年 7 月 3 日于澳大利亚黄金海岸

网住高飞的翅膀

早晨的海洋
是一对海鸥的故事
它们的眼睛
蔚蓝得像宝石

如果思念
只是空中飞过的翅膀
我好想，拥有这样的飞翔

你凝望着前方
除了海就是海洋

如果没有了欲望
你会变成快乐的人吗
朋友，张开心爱的帆船与网
网住可爱的人与
高飞的翅膀

我在院子里种了一片海

我在院子里种了一片海
把船放在水里游
只等盛夏的阳光到来
天空的蔚蓝到处流淌

我无法想象世界是一片陆地
山川与树无所依靠
雪山融化的水
最终会走向何方

这优雅肥胖的味道
只能养育
壮观无比的鱼

四川黄龙

古树参天的路
指向了天空的蓝
眼里的光
在黑夜里不断生长

是谁走向了海
在远处立起帆
是谁筑起铜墙铁壁
闯入荒无人烟的岛

记载生命的手册
永远只有开始
代表中国的精神，还是黄色的皮肤

2018 年 7 月 26 日于四川黄龙

秋落下了叶

我像一只飞鸟
渴望明亮的光

橘黄的麦田如
你手写的信
温柔得，像早晨的海洋

谁在天空种下云朵
换来夏季的细雨和
冬日的温暖

我醉了，为这秋季落下的叶

我
保
留

与你相遇所有的快乐
期待更好的时候，再见到你
你若转身离去
那一刻，我的雨会下个不停

雨是你的心情
静静地等待最后一批客人离去
雨是你的容颜
悄悄地等我喝完这杯咖啡
雨是你的身影
车开过，容我失眠的时候
还有海浪的声音

2021 年 10 月 8 日夜

如初的遇见

苦于相念
我在海岸边，种下树
因为，将来
你会有回来的方向

苦于距离
我在日记本里写下信
也许，将来
你会发现这个秘密

也许因为雨
我期待乌云的天明
把月光藏起来
等着你，路过我的门前

也许因为爱
雨会落在桂花前
除了烟火与酒
梦里常常碰见你的渔船

2021 年 10 月 8 日夜

偷到一束光

很多话
说起来很费力
写出来伤心
一盏灯需要的油
也被老鼠偷吃光

很多人都散了
看热闹的都没有真心
把玩别人开发的游戏
就像，没有营养的身体

把一些东西收拾起来
例如心情
寻找一段时光阅读

很多人的话
说得好像有道理

开满月季的北京
闻不到花香的味道
过往的是车辆的红灯
我和你之间
隔着几秒的瞬间

已经不想表白爱情的言语
那些曾经让你
开怀的酒杯已经碎了
那时候，冬天刚刚来临

如果飞行会长出一双翅膀
那我只飞向南方
我记得你让人捎来的树
开始发芽
是一株古老的玫瑰花树

如果雨季提前到来
你会躲起来
在挂着青果的桃树下
想着没有我的往事

我选择流浪与狗
陪伴了月亮
我想说的悄悄话
没有长进

这茫茫的人海
我找着消失的一束光

中药最神秘
黑色的不是一碗汤
总有希望治愈悲伤与欢笑
喝着很苦
像一杯失恋的咖啡

把语言的碎片剪成花的样子
让它开在常去的地方
我没有什么愿望，只求可以

偷到一束光

感谢的话都放在最后

我要感谢很多人。

谢谢封面绘画张敏亚老师，谢谢责任编辑，谢谢帮我修改文字的朋友，谢谢给予我鼓励的家人、同事、朋友。

一本书的面世，要通过很多关卡，谢谢指导我的纪晓东老师、工作上的领导，谢谢出版社的朋友，谢谢给予我诸多建议的专业人士。

谢谢亚君老师，这些年不断朗读我的作品，我们的思想是相通的。

谢谢风雨给我带来彩虹，谢谢岁月给我沉淀下影子；如果世界依旧，我们还要常常相聚。

我们一起期待未来吧。